鬼の御伽（おとぎ）

板倉俊之

装画　浅田弘幸

「『鬼の御伽』装画」

僕は鬼ケ島に行きま

決着はついたやはり、わしは正しかった

川で洗濯をしていたら流れてきたんです。

お前は家来なんかじゃない——仲間だ

いるのはキビ団子ですね

おじいさん、おばあさん、僕、鬼退治に行ってき

「パーフェクト太郎」

喜ぶがいい。そうなれば、人間同士で殺し合う余裕などなくなるのだからな

んな殺されちまうんだ！

ここは、地獄か？

はははははは！

まさか、そんなことが……

私は旅に御供します

を言た事でなしと既日じゃない

うったら喰ってやえ

お前はこの村の守り神だ　金なんて取ったら罰が当たらぁ

終わったら、髪を切ってあげるから

人間らしい姑息な戦法だな

あの、僕にも名前をつけてくれませんか？

呆気なかったな、雷閃。この手で殺してやれないのは、ちと残念だが

鬼だ！　鬼が攻めてきたぞ！

この子は、たった一人の弟なの

殺す！　殺してやる！

駄目よ、半郎。死んじゃうかもしれないじゃない

心を持った者同士なのだ

お前はすべてを捧げてくれた

喰え半郎！

「新訳　泣いた赤鬼」

目次

デザイン　鎌部善彦

鬼の御伽（おとぎ）

「何かお話してよ」

新太郎はベッドに寝そべりながら、祖父にねだる。

「今日はもう寝たほうがいい」

祖父は微笑み、新太郎の腹にかかっていたタオルケットをかけ直す。

バルコニーにつづく窓は網戸だけが閉まっており、月明りと湿った風を、部屋の中に招き入れていた。

祖父の暮らすこの家は丸太造りの二階建てで、とても古いが中を走り回れるほど広い。

小学校に入って初めての夏休みに、両親といっしょに遊びに来ているのだった。

「眠くないんだよ」

興奮が、新太郎の全身を包んでいた。今日、祖父と山の中を探検してきた記憶や、明日、近くを流れる川で魚釣りをすることへの期待感が原因だった。今日は図鑑にも載っていない植物を見つけた。そして明日からもきっと、都会では味わえない経験が待っているに違いない。

「仕方ないなあ」

言葉とは対照的に、祖父は嬉しそうに言うと、ベッドの傍らにある丸椅子に腰を下ろす。

祖父は痩せた老人だが、自然の中で生活しているからか、健康的に日焼けしていて、ランニングシャツを着た上半身にはしなやかそうな筋肉もある。

「じゃあ、『桃太郎』はどうだい?」

「えー。何度も聞いたよ」

新太郎は口を尖らせる。

「それに、あの話ってわからないことが多すぎるんだよ。どうして桃なのか、どうしてイヌとサルとキジなのか、どうして桃太郎が強いのか、鬼って何なのか――全然説明がないんだもん」

「たしかにそうじゃな」

祖父は笑いながら、灰色の口髭（くちひげ）をぽりぽりと掻（か）く。

「だったら、『パーフェクト太郎』はどうだい？」

聞いたことのない題名だった。

「何それ」

「『桃太郎』を、文字どおり〝完璧（かんぺき）〟といえるレベルに引き上げたおとぎ話じゃよ。さっきお前が納得いかないと言っていた箇所も、すべて解き明かされておる」

「面白そうだね！」

思わず上体を起こしていた。

「じゃあ、話してやろう」

月明りに照らされる祖父の顔を見つめながら、新太郎はその第一声を待った。

パーフェクト太郎

第一章

川の水に浸した右腕は、まるで枯れ枝のようだった。

老婆は傷（いた）んだ着物の袖（そで）をまくり直し、洗濯をつづける。

無意識に空想してしまうのは、いつものことだった。川を泳いでいる魚や、傍らに咲いている花や、飛び跳ねている虫の名を、小さな子どもに教えている自分の姿を。

抱えた哀（かな）しみが溜（た）め息となって吐き出され、水面に落ちた。

もしもあの子が生きていてくれたなら——。

老婆は、川を逆流させるように視線を送り、上流にそびえる山を眺（なが）めた。

いま、あの山で柴刈（しばか）りをしているはずの夫もまた、同じ想いを抱えているに違いなかった。

また今日も、無意味なことを考えてしまった。自然と苦笑が洩（も）れた。自分には愛する夫がいる。

それだけで充分に幸せなのだ。

老婆は洗濯板に目を戻す。しかしすぐにまた上流を見た。

謎（なぞ）の物体が、目に留まったからだった。川の水面に浮かんだそれは、緩い流れに従ってこちらに近づいてくる。桃によく似ているが、それにしては大きいようだ。かぼちゃやスイカ、いや、それ以上の大きさだ。

「大きな桃」。そんな漠然（ばくぜん）とした言葉でしか呼称することができない奇妙な物体は、川の湾曲（わんきょく）した箇所から投げ出されるようにして、玉砂利（たまじゃり）の川辺に乗り上がり、老婆の目の前で停止した。

まるで意思を持ち、老婆の元にやって来たかのようだった。

＊

あれを持ち帰るのは楽ではなかった。

背中に背負える籠(かご)などは持ち合わせていなかったため、洗濯板や濡れた衣服といっしょに、桶(おけ)に載せて運ぶしかなかった。途中で何度も休憩を取って、腰を休めなければならなかったが、なぜだか、置いて帰ってしまおうとは一度も思わなかった。


老婆は、弱くなってしまった陽射しの中に洗濯物を干し終えると、夫の帰りを待った。

あの「桃」はいま、ちゃぶ台の上に載っている。ときおり顔を近づけてみたり、軽くつついてみたりはするものの、それ以上のことはできずにいた。

やがてがらがらと引き戸が鳴り、夫が帰宅した。

「ただいま」

老婆は振り返って笑顔を向ける。

「おかえりなさい、おじいさん」

夫は籠を背負っており、その中には木の枝や枯れ草が入っている。若い頃は籠いっぱいに詰めて帰って来たものだが、老人となったいまではそうもいかないみたいだ。

いや、そんなことより――。

「どうしたんですか？　その手ぬぐい」

夫の肩にかかっている手ぬぐいの一部分が、赤く染まっているのだ。

「ああ、鎌でちょっと手を切ってしもうてな。歳には敵わんわい」

夫は快活に笑った。

「手当てしましょう」

「いや、大丈夫じゃ。もうとっくに血は止まっておる」

言いながら、夫は籠と鎌を三和土に下ろした。

「そうですか……」

「おや？　何だい、それは」

夫はちゃぶ台の桃を指さす。

「川で洗濯をしていたら流れてきたんです。こんなに大きな桃は初めて見たものですから、つい持って帰ってきてしまいました」

「桃、か。たしかにそう見えなくもないなあ」

夫は草履を脱いで、畳に上がってきた。

「切ってみましょうか」

老婆は包丁を手に取る。

「そうじゃな。うむ、わしがやろう」

夫は包丁を受け取ると、その刃を桃の割れ目にあてがい、慎重に引いていく。いちど桃から刃を離した。そしてまたあてがい、包丁を引く。

何もそこまで用心しなくても、と感じたが、老婆は何も言わなかった。

夫は幾度もその動作を繰り返す。やがて上面の割れ目は、裂け目に変わっていた。

「ん？　中が空洞になっておるようじゃ」

夫は裂け目に両手の指を引っかけ、左右にひらく。桃はあっけなく、真二つに割れた。

その瞬間、老婆は目を瞠（みは）った。

なんとそこには、赤ん坊が入っていたのだ。

まるで本当にいま生まれたかのように、赤ん坊は元気な産声（うぶごえ）を上げる。

「これは、どうしたものか……」

夫も戸惑っているようだった。

「育てましょう」

無意識に、老婆は赤ん坊を抱き上げていた。

「きっと子どものいないわたしたちに、神様が授けてくれたんですよ」

子育てに耐えうる体力なら、きっとまだ残っている。住まいは傷んだ平屋だが、老婆も夫も使っていない、掃除をするためだけに存在しているような部屋もある。

いや、そんな条件が整ってなどいなくとも、自分はこの子を育てたい。

「――ですから、この子をわたしたちで育てましょう！」

夫に対し、ここまで強く意見をぶつけたことがあっただろうか。ひょっとしたら怒らせてしまうかもしれないと、老婆はふと我に返る。

桃太郎、と夫は言った。

「え？」

「この子の名前じゃよ」

夫は微笑んで、赤ん坊の手をちょんとつつく。

桃太郎は小さな手で、夫の指をぎゅっと握った。

＊

老婆はありったけの愛情を注ぎ、桃太郎を育てた。

川に洗濯に行くときも、料理をするときも、おんぶをしたりだっこをしたり、片時も目を離さなかった。

毎晩桃太郎が寝るときには子守唄を歌い、夜泣きをすれば何時（なんどき）であろうと飛び起きて世話をした。

慢性的な睡眠不足に加え、無理をきかせつづけたことにより、身体（からだ）は着実に弱っていった。それでも心が元気だったのは、桃太郎の笑い声が、ほかに代えがたい幸福感を与えてくれていたからに違いなかった。

まるで老婆の負担を軽減するためであるかのように、桃太郎は尋常ではない速さで成長していった。何においても同年代の子どもたちより明らかに優れており、わずか三歳にして斧（おの）を振れるようになっていた。

夫も子育てには協力的だった。赤ん坊のときは、どう扱（あつか）っていいものかわからず戸惑ってばかりだったが、桃太郎が自分で歩けるようになってからは、虫取りや魚釣りに連れていってあげていた。

もしもあの子が生きていたなら、こんなことをしてやりたかった——そんな、老婆や夫がずっと持っていた願望を、桃太郎はつぎつぎと叶(かな)えてくれたのだった。

桃太郎は優しい子に育ち、毎日家の手伝いをしてくれた。その運動能力は驚くほど高く、薪割(まきわ)りは大人がやるよりも速かった。常人にはない不思議な力も持っているらしく、鳥や家畜と楽しげに話しているのを、幾度も目にした。

幸せそのものだった。

ただしそれは、家庭だけに限った話だ。

老婆たちが暮らすこの村は、重大な問題を抱えていた。

鬼の襲撃である。

赤、青、緑——それぞれ違う色をした鬼たちは、数か月に一度といった頻度(ひんど)で村に現れ、七尺を優に超える巨体を使い、暴虐(ぼうぎゃく)の限りを尽くした。財宝が目的であるのは明白だったが、無条件でそれを差し出そうとする者はいなかった。

鬼の襲撃を受けるたび、女と子どもは家に隠れ、男たちは一丸となって戦った。普段はいがみ合っている村人同士でさえ協力し合い、鍬(くわ)や竹槍(たけやり)を手に取り、これに抗(あらが)った。

しかし力の差は歴然としていて、金棒(かなぼう)を軽々と振り回す鬼たちにはまるで歯が立たず、毎回撃退は失敗し、多くの負傷者が出た。ときには死者も。

鬼さえいなければ——きっと村人全員がそう思っていることだろう。しかし皮肉なことに、鬼への怒りが募るほどに、村人たちの結束力は増していった。

あれは、桃太郎が老婆の元へ来て四年が経ったときだった。

襲撃の喧騒が収まり、家の外に出てみると、財宝を抱えた鬼たちが村を去ろうとしているところだった。老婆についてきていた桃太郎は、その背中を憎しみに満ちた目で睨んでいた。瞬きもせず、まるでそこにある光景を、己の目に刻みつけようとしているかのようだった。地面には大勢の怪我人が横たわり、焼かれた家からは炎が上がっていた。うめき声とともに空中に舞う火の粉が、桃太郎の瞳に映っていた。

「剣術を学びたい」

桃太郎がそう言ったのは、その翌日のことだった。


桃太郎は家の手伝いをしながら、村はずれに住む剣士の教えを乞うようになった。手ほどきは村外の自然の中で行われ、たびたび怪我をして帰ってきた。

一年も経たないうちに剣の稽古に行かなくなったので、てっきり音を上げたのだろうと考え、老婆はほっとした。だが、事実は違った。その理由について桃太郎に訊ねると、恩師の実力を凌駕してしまったのだと答えた。

このとき桃太郎は五歳だったが、十五歳の男子と同等の体格をしていた。どうやら桃太郎は、普通の子どもの、およそ三倍の速さで成長しているらしかった。

桃太郎が剣術を習い始めてからこれまで、鬼の襲撃は二度あったが、幸か不幸か、桃太郎が剣の稽古に出ているときだった。

*

「おじいさん、おばあさん、僕、鬼退治に行ってきます」

畳の上で正座をして、桃太郎は強い決意を窺わせる口調で言った。

心に直接冷水を流し込まれたように、老婆は息ができなくなった。しかし心のどこかに、いつかこんな日が来るのだろうという想いもあった。強い正義感と、人並み外れた運動能力を持つこの子なら、鬼の問題を、自分の手で解決したいと考えて当然だ。だからといって――。

「許しません。そんな危険なこと」

鬼によって、村にどんな被害が生じようと、桃太郎の命のほうが大切なのだ。身勝手な考えと言われようが、それが老婆の本心だった。

「どうしても戦うと言うのなら、せめて鬼たちが襲ってきたときに、村人たちと協力して――」

「それではまた、村人から犠牲者が出てしまいます」

老婆は反論しようとするが、その材料が見つからない。

「だから僕は一人で、鬼退治に行くのです」

「ならん」

夫は老婆の隣で腕を組んだまま、桃太郎を見据える。もはや老婆には、夫が桃太郎を説得してくれることを祈るしかなかった。

「お前はいま、暴力で起こっている問題を、暴力で解決しようとしておるんじゃぞ」

夫はいつになく厳しい態度で、桃太郎を叱責する。しかし桃太郎は動じない。

「奴らに話し合いが通じるのであれば、とうに問題は解決しているはずです。現に何度も頼んだというではありませんか。もうこれを最後にしてくれと。奴らに約束を守る気などないことは明白です。言葉が通じているかどうかも疑わしい。ならば、実力行使しかありません」

「その実力において、奴らに勝っていると思っておるのか？」

「いまの僕なら、あるいは」

その言葉が強がりなどではないことは、老婆には重々わかっていた。村にはもう、桃太郎に敵う者は一人もいなかった。いやおそらく、世界のどこにもいないだろう。

「……奴らの恐るべき点は、力だけではない。その再生能力じゃ。お前も知っておるじゃろう。いかに深手を負わせても、つぎに襲ってきたときには傷が完治しとることを」

「だからこそ、こちらから叩くのです。奴らに回復の時間を与えないためには、逃げ場のない、奴らの本拠地で殲滅するしかありません」

とうとう夫は言葉を詰まらせた。

「僕は鬼ケ島に行きます。これは、お願いではなくご報告なのです」

もう、この子を止めることはできない――悲しい確信が、老婆の胸を満たした。

「村が鬼に奪われたのは、財宝や命だけではありません。僕たちは、心の自由を奪われているのです。それは人間が、命よりも大切にしなければならないものです」

心の自由――たしかに、桃太郎の言うとおり、鬼の脅威を排除しない限り、この村に真のやすらぎは訪れないのかもしれない。これまで散っていった人々も、それがわかっていたからこそ、命がけで戦ったのだろう。

　夫は大きく息をつくと、表情を崩した。

「鬼ヶ島の場所は、知っておるのか？」

「だいたいは……」

「そうか。ならば教えてやろう」

　夫はボロボロになった古地図をちゃぶ台に広げ、鬼ヶ島の位置に印をつける。

「ここは、かつて村で大罪を犯した罪人が、島流しにされていた場所じゃ。敵は鬼だけではないやもしれん」

「はい、心してかかります」

　桃太郎は地図を丁寧に折り畳み、懐にしまう。そのあいだに夫は席を立ち、鞘に収まった刀を持ってきた。

「これも持って行きなさい」

　夫はそれを両手で差し出す。漆が塗ってあるらしく、鞘は美しい艶を帯びている。

「ありがとうございます」

　桃太郎もまた、それを両手で受け取った。

　老婆にできることはもう、それほど多くはなかった。

　桃太郎が空腹に苦しまないよう、キビ団子を作った。そして桃太郎に加勢する者が現れてくれるよう、「日本一」と記した旗を仕立てた。作業をしているあいだ、老婆は桃太郎と過ごした五年と三か月の日々を思い返していた。

「では、行ってまいります」

家を出たところで、桃太郎は穏やかに言った。

きちんと長い髪を結(ゆ)わき、腰に刀を差した姿は、立派な侍(さむらい)だった。まだ幼さは残っているものの、顔立ちも凛々(りり)しい。あの日、桃から生まれた赤ん坊をここまで育てた自分を、老婆は誇らしく思った。

ここまできたらもう、信じるしかなかった。桃太郎の決断も、それを許容した自分も、すべては、正しいのだと。

「必ず、戻ってくるんだよ……」

たとえ血がつながっていなくても、祖母と孫といえるほど歳が離れていようとも、お前はわたしの、大切な息子……。

「はい、必ずや鬼を打ち倒し、取り返してきます。奪われた財宝と――自由を」

桃太郎はふっと微笑むと、こちらに背を向け、歩き出した。午後の陽射しが甲冑(かっちゅう)を輝かせ、山から吹き下ろす風が、旗をたなびかせていた。

桃太郎の後ろ姿が畦道(あぜみち)の彼方(かなた)に消えるまで、老婆は手を振っていた。

さて、と隣で夫が言った。

「わしは神社に行って、山の神に桃太郎の無事を祈願してくるよ」

「わたしも行きます」

「お前は家で休んでおきなさい。身体に障るといかん」

たしかに老婆は、健康とはいえない状態だった。常に身体のあちこちが痛むし、よく咳も出る。

「でも、お参りくらい」

「わしは桃太郎が帰るまで、祈りつづけるつもりじゃ。何日かかるかわからん」

そう言われてしまうと、老婆には諦めるしかなかった。

「わかりました……」

老婆はいま一度、桃太郎が歩き去った畦道を見た。そこにはトンボを追いかけている、幼い桃太郎の姿があった。

勝たなくてもいい。逃げてもいい。とにかく無事に、帰ってきますように……。

第二章

背の低い草むらが風に揺らされ、囁き声を上げていた。

これから鬼ヶ島に乗り込もうとしている自分を、勇敢だと誉めてくれているようにも、愚か者だと嘲笑っているようにも聞こえる。

決戦の地を目指し、桃太郎は乾いた土の地面を歩いていく。

この「桃太郎」という奇妙な名が与えられたのは、自分が桃から生まれたかららしい。いまだに信じられない話だが、おじいさんとおばあさんが嘘を言っているようにも思えない。

しかし事実がどうであれ、自分にとっての両親は、おじいさんとおばあさんにほかならない。

ざ、と草鞋を鳴らし、桃太郎は立ち止まった。

前方の草むらから、一匹の犬が現れたからだ。

「そんなに立派なのぼりを掲げて、いったいどちらへ行かれるのです?」

ああ、と言って、桃太郎は背の旗を振り仰ぐと、ふたたび犬に目を戻す。

「鬼を退治しに行くんだ。人間は奴らに、ひどい目に遭わされてきたから」

「そうですか……」

幼少期から、桃太郎は動物と会話することができた。その能力を気味悪く思う村人もいたものだが。

「その腰の巾着の中に入っているのはキビ団子ですね」

犬は見えるはずのない中身を、平然と当ててみせた。

「なぜわかった？」

「匂いです」

「ははは。これは間抜けたことを訊いてしまった」

人間に比べて動物は、特に犬は鼻がよく利く。中身などわかって当然だったのだ。

「それを一ついただけませんか？　もしいただけるなら、私は旅に御供します」

「ああ、構わない。だがついてくる必要はない。キビ団子一つで命を危険に晒すなんて、割に合わないだろう」

「では、もしも命に関わるような危険を感じたら、私は逃げることにします」

「それならいいか」

桃太郎は巾着袋からキビ団子を一つ取り出し、その場にしゃがみ込むと、犬の口に運んでやった。

犬は顔を傾けて、鋭い牙の奥にキビ団子を運ぶと、忙しくそれを噛む。

「美味しいです。とっても」

「僕を育ててくれたおばあさんがこしらえてくれたんだ」

「そうなのですね。とても優しい味がします。きっとその方の人柄が、味に出ているのでしょうね」

「そうかもしれないな」

キビ団子を食べ終えると、犬はこう言った。

「じゃあこれで、私はあなたの家来ですね」

「いや」

「え？」

犬は意外そうに目を見ひらく。

「お前は家来なんかじゃない。——仲間だ」

一瞬表情を硬直させると、犬は桃太郎の言葉を嚙み締めるように押し黙り、やがて微笑んだ。

「光栄です」


草原を抜け、森に入った。

生い茂る木々の葉をすり抜けた日光が、湿った土の地面に斑点模様(はんてんもよう)をつくっていた。

突然目の前に、一匹の猿が現れた。桃太郎の足下で、犬が短く驚きの声を上げる。猿の天地が逆さまなのは、尻尾で枝にぶら下がっているかららしい。

「なあ、そこの若い侍」

と猿は言った。

「食べ物を分けてくれないか？　腹が減って死にそうなんだ」

ずるりと尻尾が枝を放し、猿は落下する。しかし地面に激突する前に身を翻(ひるがえ)し、無事に着地した。

「じゃあ、これをやろう」

桃太郎はキビ団子を一つ取り出し、猿に差し出す。猿は飛びつくようにそれを受け取り、無心で食べはじめた。

「ああ、美味(うま)い」

「悪いけど、一つしかあげられないんだ。長旅になるかもしれないのに、食料はこれだけだから」

「ああ、生き返った」

一瞬で食べ終えた猿は幸せそうに言うと、桃太郎を見上げる。

「長旅になるかもって、いったいどこに行くんだ?」

鬼ヶ島だと桃太郎は説明した。

「だったら俺も付き合うぜ。恩は返さないとな」

「やめたほうがいい。必ず危険な目に遭うだろうから」

「そんときは逃げるから安心しろよ」

「……好きにしろ」

「じゃあ、恩を返すまでは家来ってことだな」

「いや、仲間だ」

猿は不可解そうに桃太郎の顔を見た。やがてはっとしたようにその視線をそらすと、地面を見つめながら苦笑した。

「まあ、何だっていいさ」

森を抜けると、崖(がけ)に行きあたった。正面には吊(つ)り橋(ばし)がかかっていて、下から川の流れる音が聞こえる。

猿は板の上をぴょんぴょんと飛び跳ね、桃太郎の前を身軽に進んでいく。犬は下を見ながら慎重に、桃太郎の後ろをついてくる。

吊り橋の真ん中あたりで、桃太郎は空を見上げた。鳥の羽ばたく音が聞こえたからだ。鳥は忙しく動かしていた翼を畳み、縄でつくられた手すりにとまった。見たところ雉(きじ)のようだ。

「こんにちは、お侍さん。どちらに行かれるのです？」

鬼ヶ島だと桃太郎は答えた。

「お、鬼ヶ島……」

雉は目を丸くして、猿と犬を順に見た。

「それで、家来を連れているんですね」

「おい、こいつらは家来じゃない。仲間だ」

「それは失礼しました。よろしかったら、僕も仲間に入れてください。きっと役に立ちます」

「危険を感じたらすぐに逃げると、約束できるか？」

「え？　何だか不思議な条件ですね。そんなことでしたらもちろん」

「じゃあ、これをやろう」

桃太郎はキビ団子を一つ取り出し、雉に差し出した。

「二人にもあげたからさ」

「じゃあ遠慮なく」

雉は嬉しそうに言って、キビ団子を嘴(くちばし)に咥(くわ)えた。

三人の仲間とともに、桃太郎は先を急ぐ。猿が前を、犬が後ろを歩き、雉が頭上を飛んだ。その陣形は、まるで桃太郎を護衛しているかのようだった。

海岸に出たのは陽が落ちる前だった。

雉が空を飛んで偵察し、砂浜にボロ舟を発見した。それを全員で修繕し、なんとか使えるようにした。

舟を漕ぐ櫂がなかったので、桃太郎はその場を離れ、代わりになりそうな木材を探した。しばらく浜辺を歩いたところに、しゃもじのような形をした木を見つけた。握りやすいように、刀で形を整えた。

舟のところまで戻ると、仲間たちは身を寄せ合い、真剣な顔で何かについて話し合っていた。ひょっとしたら、怖気づいてしまったのかもしれない。

「ここまででいい」

仲間たちはびくりと身を竦め、一斉に桃太郎を見た。その反応からして、やはり逃げ出したいと考えているようだ。

「みんな引き返すんだ。そもそもこれは、人間と鬼の戦いだ。無関係の動物が、危険を冒す必要はない。いっしょに舟を直してくれただけで充分助かった」

猿が声を上げて笑った。

「勘違いしないでくれよ。俺たちはキビ団子の味について、正直な感想を言い合っていただけだ。犬は、ちょっと薄味だったたってよ」

「おい、猿！」

犬は猿を咎めると、桃太郎の顔を見る。

「……すいません。でも雉も、ちょっと食べづらかったと言っていました」

「おい、犬！」

こんどは雉が犬を咎め、桃太郎に向かって取り繕うように言う。

「僕は、食道が細いもので、もうちょっと小さいほうが、食べやすかったかなって……。でも味はとても美味しかったです」

そうか、と桃太郎は笑った。仲間たちが怖気づいたなど、自分の勘違いだったのかもしれない。

「まあ、とにかく、俺たちは最後まで付き合うぜ」

猿は舟に飛び乗り、雉は帆にとまった。犬は船尾に首をあて、舟を海へと押し出そうとしている。

「知らないからな」

桃太郎は苦笑混じりの息をつくと、犬とともに舟を押す。草鞋が砂の地面を抉り、深い足跡を刻んでいく。やがて、ふと抵抗がなくなり、それと同時に、舟はすっと海面を滑りはじめた。

犬とともに舟に乗り込むと、桃太郎は両手で櫂を摑んだ。力いっぱいそれを胸に引き寄せ、そして突き放す。櫂を漕ぐ動作に合わせて、ぎ、と舟が軋む。

それぞれの故郷を有する陸が、ゆっくりと遠ざかっていった。

第三章

転覆しないのが不思議に思えるほど、舟は激しく揺れていた。

波は高く、大粒の水飛沫が顔を打つ。空は黒雲に覆われていて、海面を照らす光は、たまに轟音とともに落ちる、雷のそれだけだった。

「これじゃあ海に投げ出されちまう！」

帆にしがみつき、猿が叫んだ。

犬は大きく傾いた舟床に四肢を踏ん張りながら、ゲホゲホと咳き込んでいる。海水を飲み込んでしまったらしい。

「どうしよう。みんなが落っこちちゃう」

雉は低空を飛びながら、心配そうに舟を見下ろす。

「耐えるんだ！　鬼ヶ島はもう見えている！」

左舷に腕を絡ませ、船尾に片足を突っ張りながら、桃太郎は仲間たちを鼓舞する。

壮絶な航海だった。ただ一つ幸いだったのは、櫂を漕がなくても、舟が鬼ヶ島に向かって流されていることだ。それはまるで、鬼ヶ島が桃太郎たちを吸い寄せているかのようだった。

ほとんど座礁ともいえる勢いで、舟は岩場に乗り上がった。

桃太郎は仲間たちの無事を確認し、息をついた。

「ひとまず命拾いしたな」

「でもつぎは、ここを登らなくちゃならないみたいですね……」

切り立った崖を見上げ、犬が不安げに言う。

「まあ、水責めよりはマシだ」

猿は岩を蹴り、崖に両手で摑まると、そのまま軽快に登りはじめた。

「僕は先に行って、様子を見てきます」

言いながら、雉は高度を上げていく。

桃太郎は下から犬を補助しながら、慎重に崖を上った。吹き上げてくる強烈な風に、背中の旗がばたばたとたなびいた。


「ここは、地獄か？」

円形をした広場を見つめ、猿が顔を強張(こわば)らせながら言った。

視界に映るのは岩や石ばかりで、動物はおろか、植物さえ見られない。

「とにかく、先へ進もう」

桃太郎は猿と犬を従えて、円形の広場を歩いていく。

犬が遅いので振り返ると、崖の縁から下を覗(のぞ)き込んでいた。

「これは落ちたら串刺しになってしまいますね」

いっしょになって見てみると、広場と海のあいだには、牙のように尖った無数の岩がひしめいていた。

「まるで剣山だな」

猿は笑いながら言ったが、恐怖を感じていることが窺えた。

「行こう」

崖の縁を離れ、ふたたび広場を歩いていく。

正面には巨大な階段があり、上の様子はわからない。

一段目に足をかけたとき、偵察に出ていた雉が正面から飛んできた。

「もうすぐ鬼たちがこっちにやってきます！」

桃太郎を見下ろし、雉は緊迫した声で言う。

「数は？」

「三体です！」

ズシン、と地響きのような音が聞こえ、桃太郎は最上段を見上げた。

金棒を担いだ青い鬼と緑色の鬼が、ゆっくりと下りてくる。その少し後ろには赤い鬼が立っている。鬼たちが歩を進めるたび、地面が振動した。

先行する二体が立ち止まると同時に、鬼たちの後ろに雷が落ち、一瞬、三体を黒い影にした。

その間、目だけは影の中に、不気味に浮かび上がっていた。

「ここに何しに来た？」

低く、くぐもった声で赤鬼は訊く。

「こんな場所に遊びにくる奴はいない」

桃太郎は刀の柄を右手で握る。

「ほう、やる気のようだな。――お前ら、相手をしてやれ。わしは念のため、奪った財宝を移しておく」

赤鬼は青と緑の鬼に告げると、こちらに背を向けて歩き出した。

「待て！　どこに行く！」

階段の上に消えていった相手に向かって、桃太郎は叫んだ。しかし赤鬼がふたたび現れることはなかった。

「この階段を上って真っ直ぐ進むと洞窟がありますす。おそらく財宝はその中だと思います」

頭上で羽ばたきながら雉が言った。

青と緑の二体が、階段を下りてくる。桃太郎は歯噛みする。財宝を取り返せる可能性は下がるが、こいつらを先に倒すしかないようだ……。

「赤いのを追ってください。こいつらは、私たちがどうにかします」

桃太郎の横に並び、犬は二体の鬼を見据えて言った。

「しかし……」

桃太郎がうろたえていると、こんどは猿が反対側に並んだ。

「早く行け。財宝を取り戻せなくなるぜ」

みな純粋な決意が窺える顔をしていた。

「死ぬなよ。危なくなったら船で逃げるんだ」

桃太郎は階段を駆け上がる。

左右から振り抜かれる金棒をかいくぐり、桃太郎は二体のあいだをすり抜けた。

＊　＊　＊

「青いのは僕が何とかする！」

　雛は高度を上げ、青い鬼の頭上をとった。緑色の鬼は階段を下りきり、広場へ入っていく。あっちは犬か猿に任せるしかない。

　青鬼は足を止め、雛を見上げている。邪悪な生物にふさわしい白一色の目と、湾曲した二本の角が、雛の心に恐怖を与えた。

　とにかく、体勢を崩させるんだ。階段を踏み外させることができれば、転げ落ちてくれるかもしれない。

　雛は高度を下げ、青鬼の顔に高さを合わせる。そして金棒の間合いぎりぎりを飛び、大振りを誘う。

　狙いどおり、金棒が横一文字に振られた。先端が嘴すれすれのところを通過する。強烈な風圧により、雛は後ろに吹き飛ばされた。

　こんなの、まともに喰らったら間違いなく即死だ！　でも、やるしかない。

　ふたたび正面から間合いに入った。青鬼が金棒を振る。その寸前、雛は思い切り羽ばたき、後方に身を退ける。

　このままでは届かないと判断したらしく、青鬼は上体を前に傾けながら片脚を前に出す。

　雛はさらに広場側に後退し、金棒の間合いから離脱する。

金棒が空を切り裂く。そして——。

青鬼は足を踏み外した。体勢を崩し、階段を転げ落ちていく。

「やった！」

雉はその場で飛行しながら、青鬼を目で追う。

最下段まで前転を繰り返した青鬼は、地面に激突する直前、身体をひねり、うまく衝撃を分散させるように受け身をとった。

無傷であることは間違いなかった。相手は金棒を放してさえいない。

しかし、雉はすでに動いていた。

立ち上がり、こちらを振り仰ぎつつある青鬼に向かって、雉は全速力で突っ込んでいく。

視界の周囲が霞み、中心にいる青鬼がみるみる巨大化していく。

青鬼は金棒を振ろうとするが、もう雉は至近距離に到達していた。いける！

雉の嘴が、青鬼の右目に突き刺さった。

「ぐおおおおおおおおお！」

青鬼は黒雲に覆われた空に向かって咆哮する。全身がびりびりと振動するほどの轟音だった。

斜め後ろから、青鬼の手が迫ってきていた。

摑まれたらひとたまりもない——雉はすぐに嘴を抜き、高度を上げる。すんでのところで青鬼の左手はかわすことができた。

上から青鬼を観察する。相手は右手で握った金棒を地面につき、潰れた右目を左手で押さえている。苦しげな声を上げていることから、痛覚の存在が認められた。

もう片方の目を潰せれば、相手の視界を完全に奪うことができる。

雉は即座に急降下をはじめた。目標である左目が迫ってくる。いける、と成功を確信したその瞬間、湾曲した角の先端がこちらに向けられた。雉の魂胆(こんたん)を読んでいたのだろう、青鬼が顎(あご)を引いたのだ。

このまま突っ込めば串刺しになってしまう！

雉は翼を傾け、強引に軌道を変える。腹が青鬼の頭部をかすり、まもなく地面に激突した。

串刺しは免れたが、打撲により、全身が激しい痛みを訴えている。

青鬼は左手で右目を押さえながら、もう片方の手で金棒を振り上げる。

翼は……動く。まだ、飛べる……！

金棒が振り下ろされた。それに潰される寸前、雉は敵の左目に向かって飛んだ。地面が爆発したような音を立てた。

降下とは違い、上昇ではスピードは乗らない。おそらくこの速度では、嘴は刺さらないだろう。だが――。

やはり青鬼は、雉の軌道を読んで角を向けてきた。

しかし雉はさらにそれを読んでいた。急減速しながら両足を前に出し、青鬼の顔の下に滑り込む。そのまま後方に宙返りするようにして両足を天に向けると、しっかりと爪を立てたその両足で、青鬼の眼球を鷲摑(わしづか)みにした。

「潰れろ！」

残されている力のすべてを指に籠める。

やがて指先から、厚い膜を突き破る感触がした。

青鬼はふたたび咆哮し、右目を押さえていた左手で、力任せに雉を振り払う。それをまともに喰らった雉は猛烈な勢いで吹き飛ばされ、階段の中腹あたりに激突し、そして地面に墜落した。

「駄目だ！　勝てるわけねえ！　みんな殺されちまうんだ！」

広場のほうから、猿の叫び声が聞こえた。

青鬼は両目から血を流しながら、猿のほうへと近づいていく。視力を失ったため、声を頼りに動いているのだろう。

ごめんよ、猿、犬。

薄れゆく意識の中で、雉は仲間たちに謝った。

助けに行きたいけど、もう僕の身体は限界を超えちゃったみたいだ。

＊　＊　＊

犬は広場の真ん中に四肢を据え、緑色をした鬼を睨みつけていた。

その奥——階段のすぐ近くでは、青い鬼と雉が戦っている。

どうすれば勝てるだろうか。敵は巨体であるばかりか、金棒、爪、そして鋭い先端を天に向けた二本の角と、武器となるものも豊富に持っている。

突然、緑の鬼は犬に向かって走り出した。走りながら金棒を振り上げ、そのまま力任せに振り下ろす。

犬はなかば直感的に真横に跳躍して、それをかわした。

金棒の着弾した箇所には、一瞬土の柱が形成されていた。

あんなものを喰らえば、間違いなく粉砕されてしまうだろう。犬は敵の圧倒的な力に恐怖した。

緑の鬼は休む間もなく、犬目がけて金棒を振り下ろす。犬はその軌道を見極め、横へ後ろへ、必死に跳躍してよける。地面にはつぎつぎと、すり鉢状の窪みが生まれていく。

気づけば息切れしていた。敵に疲れは見られない。

このまま持久戦となれば間違いなく敗北する。体力が残っているうちに、何とか一撃を加えなくては……。

犬は攻撃を回避しながら、緑の鬼を観察する。筋肉のついている箇所は硬そうに見える。たとえ噛みついても傷を負わせられるとは思えない。となれば咽喉か。いや、思い切り跳躍しても、あの高さまでは届かないだろう。だとしたら——。

鬼は大きく両脚をひらき、高々と両手で掲げた金棒を振り下ろす。確実によけるなら横か後ろだが、犬は前に跳躍した。金棒がすぐ背後で地面を抉る。犬は全速力で敵の股をくぐり抜け、右足首に喰らいついた。

鋭い四本の牙が、緑色の皮膚を突き破る。犬は全力を顎に籠めながら、思い切り顔を横に振った。

ぶち、と腱が切れる音が聞こえると同時に、敵の足首から血が噴き出した。

「ぐおおおおおお！」

緑色の鬼は絶叫し、ズシン、と右膝をついた。

犬はその隙を見逃さず、血まみれの身体で地面を駆け、こんどは左足首に喰らいつく。鬼は横ざまに身体を倒し、左脚を激しく振る。左脚までやられるわけにはいかないと考えているのだろう。

骨が軋み、脳が揺れる。全身が痛み、視界は無意味な模様を映すばかりだ。しかし犬は、腱に喰らいついた牙を放さない。

やがて緑の鬼はけたたましい叫び声を上げ、それと同時に左脚を思い切り振った。

犬は大きく飛ばされ、地面に叩きつけられた。身体は土埃を立てながら滑り、やがて止まったのは、崖の際ぎりぎりのところだった。

崖下から、波が岩を打つ音がする。

犬は倒れたまま、口から赤い血と緑色の肉を吐き出した。血には自分のものも含まれているようだった。とにかく、牙を放さなくてよかった。敵は己の腱もろとも、犬を吹っ飛ばしたのだ。

しかし、立ち上がることさえままならないほど、肉体の損傷は激しかった。

霞む視界の中で、敵を見る。ずいぶん遠くに飛ばされたらしく、緑色の巨体は小さく見えた。

緑の鬼は、金棒を杖にして立ち上がろうとしている。しかしそれは叶わず、その場で転倒した。

どうやら相手の機動力は奪えたらしい。

本当なら、ここからさらに敵の戦闘力を削りたいところだが、自分はもう、戦うことはできそうにない。

「私は、ここまでだ……」

横顔が地面についた。

「駄目だ！　勝てるわけねえ！　みんな殺されちまうんだ！」

意識が遠のく間際に聞こえたのは、猿の情けない叫び声だった。

＊　＊　＊

猿は円形広場の端で立ち尽くしていた。

左手に見える巨大な階段の中腹には雉が、右手の崖際には犬が倒れている。どちらも戦闘不能となったことは間違いなかった。

雉は階段付近に立っている青鬼の視力を、犬は広場の中央付近に這っている緑色の鬼の歩行能力を奪ってくれた。

しかし、とても無力化できたとは言いがたい。二体の攻撃手段は健在であり、依然として脅威であることに変わりはなかった。

自分には、空を飛ぶ翼も、鬼の腱を喰いちぎれるほどの牙もない。

「駄目だ！　勝てるわけねえ！　みんな殺されちまうんだ！」

猿の叫び声に、青鬼が反応を示した。相手はこちらに身体を正対させ、走り出す。地面を震わせながらあっという間に迫ってくると、金棒を振り上げた。

「うわあ！」

猿は青鬼を見上げて叫ぶ。

金棒が振り下ろされた。

猿は横に跳んで、それを回避する。

声を発した場所に、金棒は正確に着弾した。そこには円形の窪みができ、その周りには放射状に罅が入っていた。

両目から血を流す青鬼が、ふたたび金棒を持ち上げる。その先端から、土や小石がぱらぱらと落ちた。

その間に猿は、青鬼の横に回り込んだ。地面を蹴る音が途切れたことでこちらの位置を把握したのか、青鬼は猿に身体を向ける。

背後を振り返った。離れたところに、緑色の鬼が金棒を杖代わりにして立ち上がろうとしている姿が見えた。

すぐに崖を背に立つ青鬼に目を戻す。

「は、挟まれる！」

声を上げると同時に、青鬼の金棒が襲いかかる。猿は後方に跳躍して、何とかそれをかわす。目の前で、土柱が上がった。

自分には、空を飛ぶ翼も、鬼の腱を喰いちぎれるほどの牙もない。

「待ってくれ！　降参だ！」

着地するや、猿は両手を上げ、青鬼の顔を見上げて叫んだ。

しかしその申し出は聞き入れてもらえず、無情にも金棒は振り下ろされた。猿は四肢で地面を突き放し、後方へ跳ぶ。またもや声を上げた地点が、大きく陥没した。

退がれば退がるほど、緑の鬼に近づく恰好となっていた。

「許してくれ！　俺たちが悪かった！」

情けない声で命乞いをするが、青鬼が攻撃をやめる気配はない。

声を出した箇所に、やはり金棒は振り下ろされた。猿は後方に跳躍しつつ青鬼に背を向け、緑色の鬼に向かって走り出した。こちらに横顔を見せている緑の鬼は、片膝をつき、両手で握った金棒を杖にして立ち上がろうとしている。

猿は思い切り跳躍し、その前腕に飛び乗った。すかさずそれを蹴り、肩へと移る。金棒から放した片手が、猿を摑もうとした。間一髪のところで跳び、すり抜けたが、鬼の爪が肩をかすり、そこから血が流れ出した。

緑色の鬼の頭部――二本の角のあいだで、猿はすぐ近くまで迫っている青鬼に向かって叫んだ。

「頼む！　俺だけでも見逃してくれ！」

青鬼が猿目がけて、金棒を横一文字に振り抜く。

自分には、空を飛ぶ翼も、鬼の腱を喰いちぎれるほどの牙もない。だが――。

猿は全力で跳躍した。下を見る。青鬼の振る金棒が緑の鬼の側頭部に接触し、つぎの瞬間、頭部が爆裂した。

――人間につぐ知能がある。

声を出した場所に、金棒は必ず振られる。ならば破壊したいもののそばで声を出し、よければいい。

頭部の消し飛んだ緑色の鬼は、ゆっくりと仰向けに倒れていく。

その腹の上に、猿は着地した。

これで、あと一体。

片手で傷口を押さえ、猿は青鬼を挑発する。

「ここだ！　化け物！」

青鬼は金棒を振り回し、地面を破壊しながら追ってくる。

それを回避しながら、猿は苦笑した。

まさか鬼たちと戦うことになるとは思わなかったな。俺たちの任務は、桃太郎の暗殺だったというのに。


動物たちの会合がひらかれたのは、ひと月ほど前だった。全種族の代表者たちが集結し、動物界の今後について話し合った。

主な議題は、人と鬼、どちらに世界の覇権を握らせるかだった。残念ながら、動物界には食物連鎖の頂点に立てる種族はおらず、どうすれば世界がいまよりましになるかを話し合うしかなかった。長い討論の末、鬼に握らせるべきだ、という結論に至った。

鬼は人間とは違い、自分たちの快適性を上げるために自然を破壊することはない。つまり、植物や昆虫も含めた生態系を大きく変えてしまう心配がない。暴力によっての殺戮は行われるだろうが、いまのところ鬼族の個体数は少ないため、それは自然の摂理の範囲内にとどまるだろう。これらが、鬼に覇権を委ねるべきだという結論が導き出された根拠だった。

ではそうするために、動物たちのすべきことは何か。論点はそこに移り、議会の出した答えはこうだった。

人類最強である個体の抹殺。

鬼に勝たせるためには、それが必須だと考えられた。桃太郎という少年の運動能力が人並み外れているという情報は、鳥類による偵察や、村の家畜からの聞き込みにより得られていた。

暗殺班が組織されることとなった。

まず栗鼠や兎といった弱い動物が候補から除外され、また標的に警戒されないよう、熊や狼や鷹といった、戦いに長けた動物も除外された。

志願や推薦によって、最終的に、犬、猿、雉が選ばれた。猿は志願していたので、喜んで引き受けた。

訓練期間を終え、とうとう作戦が決行された。

桃太郎に怪しまれないよう、一匹ずつ接触を図った。キビ団子など、桃太郎に近づくための口実に過ぎなかったのだ。

犬も雉もうまくやっていた。桃太郎は疑う素振りさえ見せなかった。

だが桃太郎と行動を共にしているうちに、己の任務への意志が揺らいでいくのがわかった。桃太郎の言動が、そうさせたのだ。

空腹に困っていると嘯いた俺に、奴は迷うことなく貴重な食料を分け与えた。

俺たちのことを家来ではなく、「仲間」だと言った。

危険に直面したら逃げることを条件に、俺たちの同行を許した。

この優しさを持つ人間なら、動物側の想いを理解してくれるのではないか。動物界の事情を汲み、それを言葉にして、人間たちに伝えてくれるのではないか。人間と動物との、中立の立場を取り、人間の暴走を止めてくれるのではないか。もしもそうなるのであれば、鬼に覇権を握らせるよりも、良い世界が待っているように思える。

浜辺でボロ舟を修繕している途中、桃太郎が櫂を探しにその場を離れた。

その隙に、猿は思い切って、犬と雉に自ら（みずか）の考えを打ち明けてみた。裏切り者と非難される覚悟だったが、その必要はなかった。

犬も雉も、同じ気持ちだったのだ。

逃げ場のない海の上で任務を遂行する予定だったが、やめにした。

出航前、桃太郎は猿たちを故郷へ帰そうとした。

その優しさに触れたことにより、猿は確信した。この男ならきっと、自然界や動物界に敬意を払い、傲慢（ごうまん）さを持たない人間界をつくってくれると。

そして猿たちは、桃太郎と本当の仲間になった。

陸から遠ざかる舟の上で、猿は前方を見据えた。断りもなく任務を放棄した俺たちを、議会はどうするだろう。反逆罪として処刑するか、動物界から追放するか。いや、いま考えるのはやめだ。そこまでこの命があるかもわからないのだから。

とにかく、もう俺たちの敵は――鬼どもだ。

荒れ狂う海の先に、鬼ヶ島らしき影が見えた。

青鬼の金棒が頭上から振り下ろされ、猿は後方へ跳んで回避する。

金棒に撃たれた地面が、円形に陥没した。

「どうした、下手くそ……」

猿は息切れしながら挑発する。そこにまた金棒が振り下ろされる。猿は後ろによける。

とうとう崖のへりまで追い詰められた。

肩越しに振り返る。崖下には尖った岩が無数に突き立っていて、運よくそこに落下しなくとも助からない高さだ。

眩暈がした。どうやら肩に負った傷から血を流し過ぎたらしい。時間がない。確実に仕留めるには、これをやるしかない。

猿は後方へ跳び、空中で叫んだ。

「当ててみやがれ！　化け物！」

声を出した場所目がけて、青鬼は金棒を振ろうとする。前に踏み込んだ足が崖のへりから飛び出し、空中に置かれる。そのまま体勢を崩し、青い巨体は宙へ投げ出された。

猿は自らも落下しながら、その様を見上げていた。

これでお前は終わりだ。俺もだがな。

岩肌が視界の中を、猛烈な速度で流れていく。

串刺しか、地面への激突か、いずれにせよ、もう助からない。だが悔いはない。この命は、桃太郎に捧げたのだ。

突然、両肩に鋭い痛みが走り、それと同時に落下速度が急激に下がった。

「僕が助ける！」

猿の頭上で、雉が必死に羽ばたいている。

「放せ！　お前もただじゃ済まないぞ！」

自由落下ではなくなったとはいえ、落ちていることに変わりはなかった。

「放すもんか！　僕たちは、仲間なんだ！」

雉は黒い空を、まるで目的地であるように見上げている。

「そうだったな」

猿が苦笑すると、目の前を青鬼が追い越していった。腹這(はらば)いのような体勢で、四肢を振り回しながら落ちていく。そして、棘状(とげじょう)の岩に突き刺さった。

あとを追うように、猿と雉も落ちていく。雉のおかげだろう、尖った岩の先端をわずかにそれた場所に激突した。その傾斜した側面をずるずると滑り、やがて地面に転がった。

鈍い痛みが、全身を包んでいた。

「生きてるか？」

すぐ隣に倒れている雉に訊く。

「うん、なんとかね……」

雉は微笑(わら)って答えたが、最も負荷がかかっていたであろう爪が、何本か折れていた。

「これでまだ、議会にどう報告するか、頭を悩ます余裕ができたな」

猿は上体を起こし、青鬼を見上げる。鋭い円錐(えんすい)に腹から背を貫かれ、四肢をだらりと下げていた。なぜか身体全体から、シュウ、と湯気のようなものが上がっている。

「よかった。生きてたんですね……」

崖上から犬の声がした。意識を取り戻したようだ。声が苦しげなのは、怪我のせいだろう。

「ああ、何とかな」

猿が応えると、犬は重そうに片一方の前脚を動かし、円形広場の真ん中あたりを示した。

「あの、頭のない死体は何でしょうか？」

「緑の鬼のだ。お前が腱を喰いちぎった」

「しかし、大きさも色も、まるで人間です」

「何だって？」

猿はふたたび串刺しになった青鬼に目を戻す。

青鬼は岩に串刺しになったまま、人間ほどの大きさになっていた。

「こいつは、どういうことだ……」

第四章

階段を駆け上がった桃太郎の目には、赤鬼の後ろ姿が小さく映っていた。

雉が言っていたとおり、正面には巨大な洞穴があり、赤鬼はそこに入っていった。

桃太郎は全速力でそこへ向かう。

洞穴の手前まで進んだとき、そこから鬼が現れた。入り口を塞(ふさ)ぐように立ちはだかったのは、黄色い鬼だった。

不意に金棒が振り下ろされた。

――速い。が、反応できないほどの速さではない。

桃太郎はひらりと身を横に向けてかわす。目の前の地面が、円形に陥没した。

鬼の右手が止まった瞬間を、桃太郎は見逃さなかった。

抜刀と同時に斬(き)り上げ、鬼の手首を切断した。金棒を握ったままの右手が地面に落ちる。

鬼は絶叫しながら、桃太郎目がけて爪を立てた左手を横に振る。桃太郎は真上に跳躍してそれをかわし、縦に回転しながら落下する。その勢いを宿した太刀(たち)が、鬼の左手首を切断した。

すかさず相手の両脚のあいだを駆け抜けながら、右足首、左足首をすれ違いざまに切り裂いた。

返り血の生ぬるさが不快だった。

「邪魔をするな。時間がないんだ」

洞穴に侵入すると、ズシン、と背後で鬼の倒れる音がした。

暗い洞窟の中を慎重に進んでいく。火は焚(た)かれておらず、視界はほとんど利かない。

うめき声のような音がするのは、吹き抜ける風のせいだろうか。

どこかから洩れ入った雷光が、あたりを短く照らした。

「何だ、これは……」

左右には鉄格子で区切られた部屋があり、そこにはボロ布を着た人間たちが横たわっていた。

すべて合わせて十人といったところか。

先ほど聞いたうめき声は、実際にこの者たちが発したものだったようだ。

ふたたび訪れた暗闇の中、「大丈夫か？」と声をかけてみたが、誰からも返事はなかった。

――いまは、先を急ごう。

早足で進んでいく。先の様子は、雷光が射したときに記憶していた。

ひらけた場所に出た。

天井にはぽっかりと大穴が空いており、そこから黒い空が見える。

さらに奥があるらしく、赤鬼の背中はそこに消えようとしていた。

「おい、止まれ！」

桃太郎の声に、赤鬼は歩を止めた。そしてゆっくりと振り返る。

「まったく、しつこい奴だ」

天井は抜けているというのに、赤鬼の声は何かに反響しているようだった。

「奪った財宝はどこだ」

「わしを殺して探すがいい」

「ならば、そうさせてもらおう」

桃太郎は刀を構える。

「まあ、ちょうどいいか」

赤鬼はこちらに向かって歩いてくる。

「ここで決めようじゃないか。わしとお前、どちらが正しいか」

「欲望のままに殺し、奪ってきた貴様が、正しいなどということがあるものか」

地面を蹴り、桃太郎は赤鬼に接近していく。

赤鬼が金棒を振り上げる。

桃太郎はそれに焦点を合わせ、軌道を読む。

ところが赤鬼は金棒を振り下ろさず、前蹴りを繰り出した。

金棒は囮(おとり)——。

赤鬼の踵(かかと)をまともに腹に受け、桃太郎は後方へ、直線的に飛ばされた。

背中を岩壁に強打し、旗を支えていた竹竿(たけざお)がへし折れる。

ガハッ、と思わず声を上げ、桃太郎は吐血した。

前から地面に倒れたとき、鎧(よろい)の胴の部分が砕けていることに気づいた。もしも甲冑を装着していなかったら、命はなかったことだろう。

桃太郎は四肢をかき集めるようにして立ち上がる。幸い、刀は放していない。

「もう終わりか？　拍子抜けだな」

赤鬼は余裕を感じさせる口調で言いながら、近づいてくる。

壁際に追い詰められるのはまずい——桃太郎は地面を蹴り、敵に向かって突進していく。

赤鬼は歩を止め、片足を上げる。

踏み潰す気か——桃太郎は横に跳躍した。

ズン、と重低音が響くとともに、地面に巨大な足形が刻まれた。

回避は成功したが、すでに金棒は頭上から迫っていた。

やむなく、大きく後方へ跳び、敵の攻撃をかわした。

赤鬼は間髪入れず金棒を引き寄せながら上体を前に倒し、地面を薙（な）ぎ払うように振る。その周囲に突風が巻き起こった。

回避不能であることを覚（さと）った桃太郎は、前方に踏み込んだ。金棒が弧（こ）を描くように振られているのなら、起点に近い方が威力は低くなるはずだ。

金棒を受けた右腕の籠手（こて）が砕け、またしても壁まで吹き飛ばされた。

壁に強打した左半身が激しく痛み、痺（しび）れを感じている。

さっき倒した鬼とはまるで違う。早さも力も桁違（けたちが）いだ。

赤鬼はこちらに身体を正対させながら豪快に笑った。

「面白くなってきた。まさかあの状態から踏み込んで、指を斬りにくるとはな」

赤鬼の右手からは親指以外の指がなくなっている。金棒が身体を捉える寸前、桃太郎が斬り落としたのだった。

「もっとも、その代償は大きかったようだが」

赤鬼は落ちた金棒を、左手で拾い上げた。

鋭い痛み、鈍い痛み、痺れ、熱、寒気——あらゆる苦痛が、全身に充満していた。それでも桃太郎は立ち上がる。苦痛に耳を貸すな。動けば問題ない。倒すか死ぬか、どちらかの未来が訪れるまで戦うんだ。

桃太郎は剣を構えて走っていく。

「ずいぶん頑丈（がんじょう）な奴だ」

赤鬼は嬉しそうに言いながら、迎撃態勢をとる。

桃太郎は相手の攻撃圏内に入った。視点を一点に集中させてはいけない。全体を見るんだ。

赤鬼の最初の攻撃は、先ほど同様、「踏みつけ」だった。

その軌道を見極め、桃太郎は全力で上に跳躍する。敵の動きの速さに、目が慣れてきていた。

赤鬼の左足が地面を鳴らす。そのときにはすでに、桃太郎は敵の膝に飛び乗っていた。刀を逆手に持ち替え、さらに上へと跳躍する。ここまで接近すれば、金棒は振れまい。

桃太郎とともに上昇する刃が、赤鬼の腹から胸を、斜めに切り裂いていく。

ぐあ、と赤鬼は短く呻（うめ）いた。

重力に引かれ、上昇速度が緩んだ。桃太郎は身体を横に回転させながら、その勢いをのせた刀を振る。

目の前には、赤鬼の両目がある。——もらった。

しかし赤鬼は瞬時に危険を察知したらしく、顔の位置を下げた。

風切（かざき）り音を巻き起こしながら振られる刃は、対になって生えている角の一本目を切断し、二本目の角を半分ほど切ったところでぴたりと止まった。

桃太郎の動きも停止していた。

「惜しかったな」

赤鬼は指のない右手の平で、桃太郎を弾き飛ばした。

背中から地面に激突し、そのまま勢いよく後ろ向きに転がり、やがて仰向けになった。いっしょになって飛ばされたらしく、切断した片方の角が、近くで固い音を立てた。

痛みすら感じなかった。肉体はもはや、感覚を失いつつあった。

ぐらぐらと揺れる視界には、灰色の岩に縁どられた、黒い空が映っている。

雨が降ってきた。強い雨だ。

「勝負あったな。お前にはもう、武器もない」

赤鬼の言うとおり、刀は角に噛んだままだ。

「人間は脆いな。脆いくせに、生物の頂点に平然と居座っている」

赤鬼は喋りながら、一歩一歩近づいてくる。

「おかしいと思わないか？　本来はより強い生物が上に立つべきだというのに。だがそんな歪んだ構造も、まもなく修正される。お前が敗北したことによって、鬼族が頂点の座に就くことになるだろう。喜ぶがいい。そうなれば、人間同士で殺し合う余裕などなくなるのだからな」

視界に入ったところで、赤鬼は立ち止まった。

「敗北するのは……お前だ」

桃太郎は血だらけの右手を動かし、人差し指で天を示した。

「雷は、金属に落ちやすい」

「何⁉」

赤鬼は自身の角に噛んだ刀を確認するように、ゆっくりと目を上に向ける。そして一気に顎を上げ、天を仰ぐ。

黒い空を閃光が切り裂き、雷鳴が轟いた。

残響が空に吸われ、沈黙が降りた。

雨音だけが、変わらずあたりを包んでいた。

「はははははは！」

赤鬼の笑い声が響き渡る。

赤鬼は首を戻し、ふたたび桃太郎を見下ろした。

「哀れだな。苦し紛れの策も、不発に終わってしまうとは。——いま楽にしてやろう」

赤鬼は右脚を上げる。

視界が翳り、巨大な足底が迫ってくる。

「決着はついた。やはり、わしは正しかった」

——まだだ。まだ倒しても死んでもいない。

右足が止まると同時に、敵の苦しげな叫び声が上がった。

「痛いか？　自分の角は……」

桃太郎は切断した角を両手で掴んでいた。赤鬼が上を向いているあいだに、傍らに転がっていたそれを引き寄せ、背中に隠しておいたのだった。

角は足底から甲を突き破り、大量の血液を流出させている。

それを被るように浴びながら、桃太郎は仰向けの体勢のまま、懸命に角を支える。

「……まるで我慢くらべだな。いいだろう。このまま踏み潰してやる」

赤い足底が徐々に迫ってくる。

桃太郎は死を確信した。これ以上策はない。身動きもできない。途絶えそうになる意識をつなぎ止めておくのがやっとだ。

せめて仲間たちに、撤退を伝える方法はないものか。

村で待つおじいさんとおばあさんは、やはり泣いてしまうだろうか。

桃太郎の両手が、角から離れる。その瞬間――。

――ドクン。

心臓が大きく脈を打ち、全身に不快感が広がった。遠のきつつあった意識は完全に引き戻され、力がみなぎってくるのがわかった。

赤鬼が後ろへ飛び退くのが見えた。

あり余る力が声となり、口から放出される。

その、己の凶暴な声を聞きながら、桃太郎は立ち上がった。

背の高い赤鬼の顔が、なぜだか水平の位置に見えている。

視界の中にある自分の両腕は、筋肉量が著しく増加し、紫色に変色し、そして指先からは鋭い爪が伸びていた。

「まさか、そんなことが……」

赤鬼はうろたえている。角は一本失われ、右手の指はほとんどなく、足の甲には穴が空き、いま見てみると、とても脅威だとは感じられなかった。

「正しいのは――」

赤鬼は左手で握った金棒を振り上げる。

「わしだ！」

絶叫とともに、金棒が振り下ろされた。狙いはこちらの頭部であるようだ。

桃太郎は瞬時に右手を伸ばして敵の手首を摑み、金棒を止めた。

く、と歯噛みし、赤鬼は指のない右手で突きを繰り出す。しかし――。

「遅いな」

左脚を踏み込むと同時に、桃太郎は左手を突き出した。

鋭い爪を有した左手は、赤鬼のがら空きの腹を貫いた。

敵の両目が見ひらかれ、いっさいの動きが止まった。

雨音だけが聞こえる中、桃太郎は敵の体内に残る前腕に、温かさを感じていた。

やがてがくんと首が折れ、赤鬼は下を向く。

左腕を引き抜いた。

一拍置いて、赤鬼はその場に、膝から崩れ落ちた。

地面には、雨と血の混ざりあった水たまりができていた。

そこに映った己の姿は、紛れもなく鬼だった。

なぜ、僕が鬼なんかに――。

脳内の混乱がおさまるのを待たずして、身体から霧のような蒸気が発せられた。さらなる謎に混乱をきたすが、霧は全身から放たれつづける。
それに伴い、身体はみるみる萎（しぼ）んでいき、やがて人間の姿に戻った。
戦闘で負ったはずの傷も、すべて治っていた。
はっとして赤鬼のほうを見る。
立ち籠める蒸気の向こう――赤鬼がいたはずの場所には、やはり人間が倒れている。
やがて霧が晴れ、その人物を目にしたとき、桃太郎は驚愕（きょうがく）した。
「おじい……さん……」

おじいさんの腹からは血が流れ出ていた。そこはまさに赤鬼に傷を負わせた箇所であり、両者が同一の存在だったことを証明していた。

「おじいさん！」

桃太郎はなかば無意識のうちに、おじいさんを抱き起し、傷口に手を当てていた。

「いったいこれは、どういうことですか……」

おじいさんは穏やかに微笑んだ。

「お前が勝った——それだけのことじゃ……」

「なぜ、おじいさんが鬼なんかに」

おじいさんは痛みに顔を歪ませたが、すぐにまた笑みを浮かべた。

「何者かに脅(おど)されていたわけでも、操(あやつ)られていたわけでもない。鬼によって起こったことは、すべてわしの意志によるものじゃ」

「わかりません。僕には、さっぱり……」

「すべて話そう。それまで、この命がもつかはわからんが……」

おじいさんは自身の記憶をたどるように、暗い空に目を向けた。

「……まだわしが若かったころ、山で柴刈りをしていたら、変わった色の植物を見つけた。虹色(にじいろ)、とでも言おうか、何とも表現しがたい色をしておった。薬草か、毒草か、村へ帰ってから調べてみようと思って、わしはそれを摘んで腰袋へ入れた。陽が暮れかけ、下山している途中、ひどい怪我をした野兎が倒れていることに気づいた。おそらく強い動物に襲われたんじゃろう。気づけば、腰袋からあの草を取り出しておった。急いで石ですり潰し、兎に塗ってやった。それが薬草であることを祈りながら。しばらくすると兎は元気に起き上がり、甲高い奇声を発すると、わしに襲いかかってきた。体格は猪（いのしし）のように逞（たくま）しくなっており、牙と爪が鋭く伸び、目は血走っていた。その姿は化け物そのものじゃったよ。わしは咄嗟（とっさ）に鎌を構えたが、化け物は急に動かなくなった。つぎの瞬間、苦しげな声を上げながら全身を激しく震わせたかと思うと、白目を剝（む）き、泡を吹いて倒れた。わしが見つけたのは、毒草だったというわけじゃ」

　不意におじいさんは、苦しげに顔を歪ませた。

「大丈夫ですか」

「ああ、心配はいらん」

　微笑んで応えると、話をつづける。

「それから幾日か経ったある夜、わしは家の作業場で鎌や斧の手入れをしながら、居眠りをしてしまった。物音がして目を醒（さ）ますと、さらに引き出しを滑らせるような音が微かに聞こえた。盗人（ぬすっと）に違いないと考えたわしは、斧を手に取った。物音のする寝床には、まだ若かったばあさんと、生まれてまもない赤子が眠っておったからな」

「子どもが、いたんですね……」

「ああ、わしらの息子じゃ。引き戸を開けると、やはり盗人がおった。布団から離れたところにある箪笥（たんす）を物色しておったが、わしに気づいた男は、赤子を持ち上げ、近づいたらこいつを殺すと脅してきた。ばあさんが目を醒まして悲鳴を上げた。盗人は逃げ出した。赤子を抱えたままな。わしは脅しに使えると思ったのか、それともどこかへ売り飛ばすつもりだったのかはわからん。わしは必死であとを追った。外は真っ暗じゃったが、赤子が泣いてくれたおかげで、向かうべき方向を知ることができた。その声は『僕を助けて』と言っているようにも、『犯人はここだよ』と教えてくれているようにも思えた。助けてやる、必ず助けてやる——わしは心の中でそう繰り返しながら、森の中を走った。徐々に泣き声が近づいてきていた。泣き声がやんだのは突然じゃった。途切れた場所に近づいていくと、赤子が倒れていた。盗人の姿はなかった。息子は、首を折られていたんじゃ」

「何てひどい奴だ……」

「翌朝、わしはばあさんといっしょに、赤子を山頂に埋めてやった。あまりに短い生涯を終えた息子を、せめて一番見晴らしのいい場所で眠らせてやりたかったんじゃ。そこなら、柴刈りを生業(なりわい)にしているわしは、毎日会えるしな。息子を殺した盗人は、すぐに捕まった。殺された赤子が、盗人の髪の毛を握っておったんじゃ。村人の中では珍しい、癖の強い髪じゃった。まったく、勇敢な子じゃよ。それが手がかりとなり、わしの見聞きした特徴も合わせて、盗人は特定された。村が与えた罰は、島流しじゃった」

「島……流し」

「お前も知ってのとおり、この島じゃ。しかしわしは、とても納得がいかなかった。罪もない赤子の命を奪った者が、村から離れただけで許されていいはずがない。残されたわしもばあさんも、哀しみに暮れる日々を過ごしておった。どうにかあの男に、苦しみを味わわせてやりたい——そう心から願ったとき、あの草のことが思い出された。野兎を化け物にした、あの毒草じゃ。わしは準備をして、舟でこの島に渡った。当時はまだ、草木が生えていた。しかし家をつくる材料がなかったんじゃろう、罪人たちはみな、洞窟の中で生活していた。あちこちから怒号が聞こえた。殺し合っている者たちもいた。わしに気づいた罪人たちは　邪悪な目を向けてきたが、斧と鎌で武装しているわしに、襲いかかってはこなかった。やがてあの男を見つけた。痩せ細り、髭も伸びていたが、間違いなくあの男じゃった。わしを見るなり、男は摑みかかってきた。お前のせいでこんな目に遭っているのだと、まるで被害者であるかのようなことをほざいてな。わしは突き飛ばされた。その拍子に、腰袋に入っていた食料が落ちた。白、赤、白の順に刺さった串団子じゃ。白はキビ、赤は毒草をすり潰して丸めたものじゃ。盗人らしく、男は断りもなくそれを拾って喰いはじめた。よほど腹が減っていたんじゃろう、むさぼるようにしてな。わしは、それを喰われたら困るというように、男に手を伸ばした。腹の中で笑いながら。つぎの瞬間、男の身体がびくりと震え、一瞬にしてすべての血管が浮き立った。血管は真っ赤に染まり、それを追うように、肌も赤く染まっていった。そして、男は巨大化しはじめた。爪が伸び、角が生え、男の身体はたちまち膨れ上がっていき、やがて洞窟の天井を突き破った」

「まさか、それが起きたのは――」

桃太郎は、雨を招き入れている天井を見上げた。

「そう、まさしくここじゃ。――やがて巨大化は止まり、目や口や耳や、あらゆる穴から血が噴き出した。苦しげな叫び声を最後に、化け物は崩れ落ちた。いま思えば、毒草の量が多すぎたんじゃな。それが、初めて生まれた鬼じゃ」

「じゃあ、鬼は……人間……」

宙を見つめ、桃太郎が呆然と洩らすと、おじいさんは小さく頷いた。

「そのとおりじゃ。鬼は蒸気を発しながら萎んでいき、やがて人間の大きさに戻った。血まみれの肉塊じゃったがな。おそらく地獄の苦しみを味わったであろう男の最期を見届けたことで、わしの復讐は果たされた。罪人たちは、わしを怖れて道を空けた。男が巨大化したとき、わしが手をかざしていたことから、きっと呪術でも使うものだと思い込んだんじゃろう。村に帰り、ようやくわしら夫婦は日常を取り戻した。しかし村では相変わらず、悲惨な事件が起こりつづけていた」

　おじいさんはいちど言葉を切ると、声を震わせてこう言った。

「なぜ言葉の通じる人間同士が、奪い合い、殺し合うんじゃ……！」

　おじいさんの両目から流れているのが、涙なのか、雨なのか、桃太郎にはわからなかった。

　大きく息を吐き、おじいさんは話をつづけた。

「あの男が鬼になったとき、罪人たちは争いをやめ、同じところを見ていた。その記憶が、わしの行動を決めたんじゃ。わしは山であの毒草を採り、ふたたび島に渡った。罪人たちを実験体とし、毒草の研究をするために。逃げ出せないよう、牢もつくらせた。わしを怖れてやまない罪人たちは、抵抗せずに従った」

　桃太郎は通路のほうに視線を移した。あの牢は、おじいさんがつくらせたものだったのか……。

「わしは毎日、島に通った。ばあさんに怪しまれんようにするためには、いつもどおりの時間に帰らねばならなかったからのう。おかげで、柴刈りの成果はぐんと落ちたがな。やがて、最初の

体で実験したが、どれも反応を示さなかった。矢のように時は過ぎていき、気づけばわしは老いていた。その焦りから、成功例を生めぬまま、わしは計画を実行した」

「計画……？」

「いつも柴刈りで入っている山で、死んだ息子の墓を掘り返し、鬼薬をかけたんじゃ」

「馬鹿な……」

「奇跡が起きた。白骨化していた小さな息子は、光と蒸気に包まれたあと、鬼になることもなく、ただ、肉体を取り戻したんじゃ。また会えたことが嬉しくて、わしは泣いていた。そして、またいっしょに暮らすにはどうしたらいいかと考えた。まさかばあさんに真実を告げるわけにもいかんし、そのまま連れ帰れば、親を捜そうと騒ぎ出すに違いなかった。人の子ではないと思わせるため、わしはその子を、川に流すことにした。その時間、下流でばあさんが洗濯をしていることはわかっておったからな」

「まさか……その子は……」

「ああ、お前じゃ」

おじいさんとおばあさんは、親代わりではなく、本当の親だったというのか。僕は、一度死んだ人間だったというのか——桃太郎の呼吸が荒くなった。

「鬼薬によって死者が蘇ったのは、あとにも先にも、その一度きりじゃった」

信じがたい事実をどうにか嘘に変えようと、桃太郎は奇妙に思った点をついた。

「しかし、なぜ、桃になんか。あの山に大きな桃なんて——」

「あれは桃ではない。わしの、祈りだったんじゃ」

「祈り……？」

「この先、鬼になってしまうことなく、人の心を持ったまま成長していってほしいという祈りじゃ。わしは背負っていた籠を下ろし、そこに入っていた小枝や材木を使って、舟をつくった。人の心を表した形で。自分の手が血まみれになっていることに気づいたのは、出来上がったときじゃった。鎌しか持っておらんのに、難しい作業をしたもんじゃから、途中で指を切っていたんじゃ。わしはそれほどに夢中になって、舟をつくっていた。小さな命を載せた〝人の心〟は、安定性を得るために逆さまになって川を流れていった。ばあさんはそれを、大きな桃だと思い込んだ。川の水によって木がふやけ、わしの血の赤が滲んで薄まり、たしかにそう見えた。桃だと言うばあさんに調子を合わせ、わしは包丁で開けることにした。中にいるお前が傷ついてしまわないよう、わし自身が切ったんじゃ」

おじいさんの話を嘘に変える糸口は、もう見つからなかった。

「お前はわしの望んだとおりに成長してくれた。鬼の力を持ちながら鬼になることもなく、優しい心も持っていた。ほかの子どもたちと比べて、成長自体も早かった。三歳にして斧を振れるようになったのは、紛れもなく鬼薬の影響だったんじゃろう」

「まさか、僕だけ動物と会話ができたのも――」

「おそらく、お前が半分鬼だからじゃろう。鬼薬を飲んだ者は決まって、自然と一体化するような感覚をおぼえる」

もはや認めるしかなかった。自分は人であり、鬼なのだ。

「剣術を身につけ、もはや敵なしとなったお前を見て、わしは確信した。人間の姿を維持したまま、人の心と鬼の力を併(あわ)せ持った完全な個体——パーフェクト太郎だと」

「パーフェクト……太郎……？」

「『完璧』を意味する異国の言葉じゃ。——お前が鬼退治に行くと告げたとき、ちょうどいいと思った。わしには後継者が必要だったからのう」

「後継者？」

思わず桃太郎は、いやパーフェクト太郎は訊いていた。

「鬼によって秩序を保つのに、限界が来ていたんじゃ。わしは老いてしまったし、何より鬼にするための人間が乏しくなっていた。初めて鬼が村を襲った日から、罪人が出なくなっていたからじゃ。鬼がいなくなれば、人々はふたたび殺し合いをはじめてしまう。お前が適任者であることはわかっていた。その力を使い、人々に適度な恐怖を与えつづけることで、きっと秩序は保てる。しかし事情を話したところで、お前が素直に頷かないこともわかっていた。誰より鬼を憎んでいたお前が、暴力による安定を、是(ぜ)とするはずがないからのう」

たしかにそんな役目を託されたところで、自分は拒否していただろう。いまだってそうだ。

「ならば力で屈服させ、納得させるしかないと考えた。圧倒的な力の前では、正義も、信念も、倫理観も、すべては綺麗事(きれいごと)に過ぎないということを教え、その上で秩序を維持する現実的な方法を理解させる必要があると」

パーフェクト太郎の頭に、ある疑問が浮かんだ。

「力でねじ伏せたかった僕に、なぜ剣や鎧を持たせたのです？」

「万全な状態でなければ、敗北を認められん。違うか？」

そのとおりだった。

「お前が旅立ったあと、わしは神社に行くと嘯いてすぐに家を出た。そしてお前より先にこの島に渡った。こんな老いぼれでも、まだ馬に乗るくらいはできるからな。わしは鬼薬を飲み、自らを鬼にして、お前を待った。到着は予想していた頃だったが、仲間を連れてきたものだから、そのぶん鬼を増やさなければならなくなった。黄色の一体がもたついておったのは、数を見誤って、鬼薬を飲ませるのが遅れたからじゃ。ともあれ、お前と一対一で戦うことができた。まさかお前が鬼になるなどとは思わず、負けてしまったがな」

「そういえば、あれはいったい……?」

「お前がわしの足を角で受け止めていたとき、浴びた血を飲んだんじゃろう。そこに含まれている鬼薬の成分が、お前を鬼に変えたのだとわしは見ている。過去にそんな例はなかったが、もともと半分鬼であるお前は、少量でも鬼になることができたんじゃろう」

たしかにあのとき、飲んでもおかしくないほどの血を浴びた。

「勝ったのはお前じゃ。鬼として生物の頂点に立ち、世界を支配するもよし。正体を隠したまま人として生き、世界を傍観するもよし。あるいは、まったく別の選択をするもよし。とにかく、お前は自由じゃ」

おじいさんは仰向けになったまま、両手を広げた。

「さあ、殺すがいい。わしはお前が最も憎んだものの元凶じゃ」

刀は、おじいさんの頭の上に落ちている。

「早くせんか。わしをこの呪（のろ）いのような人生から、解放してくれ」

強がりなどではなく、おじいさんが本心からそれを願っていることが窺えた。だが――。

「そんな身勝手なことはさせない」

パーフェクト太郎はおじいさんの目を睨みつけた。

「おばあさんは、何も知らないんだろ！　もしもここであんたが死んだら、おばあさんはどうなる。真実を知ってしまったらどうなる。あんたが裏でひどいことをしているあいだも、おばあさんはあんたにやすらぎを与えつづけていた。あんたはあの人に何を与えたんだ。呪いのような人生だと？　そんなことをほざく人間に寄り添ってきた人の気持ちを考えたことがあるのか？　あんたは生きなくちゃいけない。演技でもいい、まやかしでもいい。あの人が愛した夫として生きるんだ。あの人が信じている世界を壊すな。後悔、罪悪感――大いに抱えろ。あんたの苦痛なんて知るものか！　人間の醜さとか、秩序とか、犠牲とか、そんな大それたことは考えずに、今後はただ――あの人のためだけに生きろ」

おじいさんは、ぼんやりと空を眺めている。そこにおばあさんの姿を見ているに違いなかった。

「お前の言うとおりじゃ、息子よ。しかし残念ながらこの身体は、村に着くまでとてももたん」

おじいさんは指のない右手で、腹に空いた傷を示した。

「――すまんな」

その謝罪は、おばあさんに向けられたものであるように思えた。

「いや、あんたは死なない」

パーフェクト太郎は、おじいさんの腰に縛ってある瓢箪（ひょうたん）を取り上げた。

「いまからあんたに鬼薬を投与する。いちど鬼になれば、傷はすべて治るはずだ。さっき僕がそうなったように」

おじいさんは応えず、何かを諦めるように微笑んだ。

突然雨がやみ、あたりに光が射した。

おじいさんの目尻から涙がこぼれた。

第六章

鬼になったおじいさんが元の姿に戻ると、やはり傷は癒えていた。

これは人の怪我を治すのに使えるのではないかと、パーフェクト太郎は鬼薬の医療転用への可能性を感じた。

鬼になっているあいだに、おじいさんは残った罪人たちを皆殺しにした。解放するわけにも、村に戻すわけにもいかず、かといって置き去りにすれば餓死を待つのみ。そんな彼らにとって、死こそが救いなのだとおじいさんは言った。それを裏付けるように、鬼になったおじいさんに手をかけられる際、誰一人として抵抗しなかった。

「財宝はこっちにある」

おじいさんは、パーフェクト太郎と戦った場所から、さらに奥につづく穴を指さした。

「その前に、仲間たちを探して来ます」

パーフェクト太郎は侵入してきた通路のほうに足を向ける。犬、猿、雉の安否が気がかりで仕方なかった。

「私たちなら無事です」

犬の声がしてまもなく、仲間たちが姿を現した。

「これが『無事』に入るもんかよ」

猿が呆れたように言った。

仲間たちは互いに傷ついた身体を支え合いながら、こちらに向かって歩いてくる。

「お前ら！」

パーフェクト太郎は思わず駆け寄っていた。

「桃太郎さんは大丈夫でしたか？　髪もほどけて、服もボロボロですけど」

雉は心配そうに、パーフェクト太郎を見上げて言った。言われて気づいたが、鬼になって戻ったときから、きっとそうだったのだろう。

「ああ、問題ないよ」

「それはよかったです」

雉は安心したように微笑むと、首を傾けてパーフェクト太郎の背後を覗く。

「あの人は？」

「ああ、あとで話そう」


おじいさんについていった先に、財宝は保管されていた。

高価な石、巻物、着物、家具——見たところ、ほとんど手つかずの状態だった。

そのすべてを荷車に積み、おじいさんの案内に従って、さらに洞窟の奥へと進んだ。暗がりだが、下り坂になっていることがわかった。

洞窟を抜けると、砂浜が広がっていた。青い海が日光を反射して輝いている。

パーフェクト太郎たちが上陸した北側とは、まるで別の島のようだった。

「あれがわしの船じゃ」

おじいさんの指さした方向には、立派な船が停泊していた。

「なんだよ、こりゃ。俺は何のために二回も崖を登ったんだか」

心底馬鹿馬鹿しいというように、猿がぼやいた。

＊

荷車の車輪に背をもたせかけ、パーフェクト太郎は座っていた。

犬、猿、雉も、それぞれ楽な体勢でくつろいでいる。船の上で手当した甲斐あって、もう仲間たちの身体は、何とか歩ける程度には回復していた。包帯や当て布はなかったので、旗を代用した。おばあさんの仕立ててくれた旗は、最後まで役立ってくれたのだ。

ついさっき、おじいさんは先に村へと帰っていった。いっしょに帰るわけにはいかず、こうして村近くの草原で、時間調整をしているのだった。

「なんだか懐かしい気がしますね、ここ」

腹を草につけて座る犬が、照れたように言った。

「ああ。ずいぶん前のことみたいだ」

この草原は、犬と初めて会った場所だった。

「――でもまさか、僕を殺すために近づいてきてたなんて、夢にも思わなかったよ」

パーフェクト太郎が笑いながら言うと、犬はばつが悪そうに謝った。すでに仲間たちから、彼らの本来の目的については直接聞いていた。また、パーフェクト太郎からも、おじいさんから告げられた真実を伝えてある。

「しかし大丈夫なのか？　僕に加勢したってことは、任務を放棄したことでもある。それによって、立場が悪くなったりしないのか？」

「それは問題ないだろうよ」

草の上に寝転がっている猿は、空を眺めながら言う。

「議会の目的は、鬼に覇権を握らせることだったんだ。でも鬼の正体は人間だった。この時点で、どっちに勝たせるもクソもない。しかも残ってるのは、半分鬼のあんただけだ。ある意味じゃあ、鬼に勝たせたといえる結果さ」

「そうか。なら安心だ」

たしかに、猿の言うとおりかもしれない。

「これから、どうなっていくんでしょうね。人間は」

荷車の持ち手にとまっている雉が言った。

「鬼がいなくなったことで、また同族同士で傷つけ合ったり、動物たちを虐げたり、自然を壊したりするようになっちゃうんですかね」

反射的に、パーフェクト太郎は口をひらいていた。

「人は、そこまで愚かじゃない——と、思いたい」

もしもこの先人間が、雉の危惧したようなことをはじめたなら、自分はこの力を使い、それを阻止するしかなくなるだろう。鬼として。

「本当にそんなことになったら、俺たち猿は、こんどこそ人間の敵に回るぞ」

「私たち犬は人間に寄り添い、忠実な動物として、一番近くで監視しましょう」

「僕たち雉は、空から見守ることにするよ」

パーフェクト太郎を励ますように、仲間たちはそれぞれ意見をくれた。

「心強いよ、ほんと」

パーフェクト太郎は自然と微笑んでいた。

「さて、そろそろいいんじゃないか？」

からっとした声で言いながら、猿は起き上がる。

「そうだな。村に帰ろう」

パーフェクト太郎も立ち上がる。

「先に言っておくが、俺たちは長居はしないぜ。議会への報告とか、いろいろあるからな。キビ団子を食わせてもらったら退散する」

ともに戦ってくれたお礼に、村に帰ったらおばあさんに頼んでキビ団子をご馳走すると約束していたのだ。

「ああ、わかってる。味や大きさへの文句は、本人に直接伝えるといい」

パーフェクト太郎は仲間たちに意地悪を言った。鬼ヶ島に渡る直前に、味が薄いだの少し大きかっただのと言われたことを持ち出したのだ。

「いや、あれは俺たちの話してたことを誤魔化すために、咄嗟に嘘をついただけだ！」

「そうですよ！」

「うんうん！」

仲間たちは焦っていた。

「ま、どっちでもいいさ」

そんなことで、おばあさんは怒ったりはしない。

＊

村人たちは道の左右に人垣をつくって、パーフェクト太郎たちを出迎えた。

そのあいだを、荷車を引きながらパーフェクト太郎は歩いていく。歓声の中から、「英雄」とか「偉大」とか「誇り」とか、たいそうな言葉が聞こえてきた。

家の前に荷車を停め、引き戸を開けた。

「ただいま」

パーフェクト太郎は心の中で、「母さん」と付け足した。

おばあさんは幻を見るかのように啞然(あぜん)としたあと、ぱっと表情を晴らした。

「おかえり」

その言葉を何度も繰り返しながら、おばあさんは泣いた。歓喜する村人の中でただ一人、おばあさんだけが泣いていた。

その背中におじいさんは手を添え、「よかったなあ」とあやすように言う。ふとおじいさんがこちらを見た。パーフェクト太郎は頷いた。おじいさんは安らかな笑みを浮かべ、頷き返してきた。

仲間たちのことを話すと、おばあさんは食べきれないほどたくさんのキビ団子をつくってくれた。みな大喜びで食べていた。

持ち帰った財宝の大半は、それぞれ元の持ち主に返却された。しかし持ち主が不明であったり、すでに死亡していたものもあった。

それらをめぐって争いが起きるようになるまでに、長い時間はかからなかった。

それでもパーフェクト太郎は、人間の醜さから目を背けながら、自分のやったことの正しさを祈りながら、幸せに暮らした――ふりをした。

眠りに就くために話をしてもらったというのに、新太郎はますます興奮してしまっていた。

「パーフェクト太郎は、そのあとどうなったの？」

思ったままに訊ねる。

祖父はバルコニーの外に視線を伸ばしながら答えた。

「鬼がいなくなり、人同士の争いは起こったが、パーフェクト太郎は鬼薬を使うことなく、その生涯を終えたそうじゃ。常人の三倍のスピードで成長するパーフェクト太郎の寿命は、当然短かった」

「そうかあ。なんだかかわいそうだね」

「しかしそれなりの幸せは摑んだらしい。村の娘と結婚し、家庭を築いたんじゃ。鬼薬や、その原料となる草は、パーフェクト太郎の子孫が、代々守っていったのだそうじゃよ」

「守るって、あの山で鬼薬の草を見張ったりしたのかな？」

「ああ。きっと鬼薬そのものもまた、争いの原因になりかねないと考えたんじゃろう」

「なるほど」

祖父は欠伸をして、半ズボンを穿いた腰を上げる。

「年寄りに夜更かしは堪える」

新太郎は申し訳ない気分になった。

「ありがとう、おじいちゃん。面白かったよ」

意識がおとぎの世界から完全に戻ったからか、部屋を取り囲む丸太の匂いが感じられた。

「それはよかった。じゃあ、また明日」

祖父はやさしい笑顔を浮かべて言うと、開いたままのドアを出ていった。

「うん、おやすみ」

新太郎は枕に頭をつけたが、すぐに起き上がった。

ある可能性に、思い至ったからだった。

「まだ起きてたのか」

父が部屋に入ってきた。風呂上りらしく、上半身は裸で、首にはタオルをかけている。

「お母さんとおばあちゃんはもう寝たぞ」

言いながら、父は丸椅子に腰を下ろす。

「眠れなくて、おじいちゃんにお話をしてもらってたんだ」

「みたいだな」

父はまだ三十前だが、前髪を下ろした姿は、いっそう若く見える。

「何かお話してよ」

一瞬迷うような素振りを見せたあと、父は微笑んだ。

「まあいいか。せっかくの夏休みだもんな」

「やったあ」

「『泣いた赤鬼』はどうだ?」

「えー。幼稚園のときに何度も聞いたよ」

ついでに絵本も持っている。

「そうか。じゃあ、『新訳　泣いた赤鬼』はどうだ?」

聞いたことのない題名だった。

「何それ」

「お前の知ってる『泣いた赤鬼』とはまったく違う、赤鬼を別のアプローチで泣かせるっていうコンセプトでつくられた、ほとんどオリジナルのおとぎ話さ」

「面白そうだね！」

「じゃあ、話してやろう」

新太郎はわくわくしながら、父の声を待った。

新訳　泣いた赤鬼

第一章

奴らは雨の夜にやってくる。

人間が火の力を発揮できず、視界が利かないことを知っているからだ。村を囲む、丸太をつなぎ合わせた柵の向こうには、夥しい数の妖魔が漂っていた。

物見櫓の手摺りを摑みながら、半郎は固唾を呑む。

「どうしましょう?」

隣で妖魔の群れを見つめている雷閃に訊いた。

「いまのうちに、なるべく減らしておこう」

涼しげな眼差しを遠くへ伸ばしたまま、雷閃は長弓に矢を番え、弦を引いていく。

柵の向こうに広がる暗闇の中には、不気味に光る妖魔たちの無数の目が、おぼろげに浮かび上がっている。耳にまとわりつく雨音は、奴らの囁き声のようだった。

びゅ、と風切り音が鳴り、後ろで結わいた雷閃の髪がわずかに揺れる。まもなく、闇の中で一対の光が消えた。

それを皮切りに、妖魔たちの動きが活発化した。闇に浮かぶ光の群れが、猛烈な勢いでこちらに迫ってくる。

左右の見張り台からも矢が放たれはじめた。

「先に下に降りておけ。門に張りつかれる前に出るぞ」

二の矢を番えながら、雷閃は落ち着いた声音で言った。

「はい」

雷閃の邪魔をしないように後ずさると、半郎は梯子を降りていく。途中で横棒を蹴って跳び、地面にできた水溜まりの上に着地した。

付近には人だかりができていた。

村人たちは雨に濡れながら、不安げに櫓を見上げている。戦況が気がかりで仕方ないのだろう。男の姿しか見られないのは、女と半郎以外の子どもは、雨の夜の外出を禁じられているからだ。

「まだ出ないのかなあ？」

門の前で待機していたらしい岩持丸が、呑気な声で訊いてきた。岩持丸は細長い籠を斜めに背負っており、そこには、優に六尺を超える一本の金棒が納められている。いまの半郎には、持ち上げることさえできないだろう。

「じきだと思います」

半郎は、おにぎり型の顔を見上げて答えた。

「そう」

片手で大きな石を弄びながら、岩持丸は返事をした。彼は雨さえ気にしていないようだ。

「門を開けろ。出る」

頭上でその声が聞こえてまもなく、雷閃が梯子を降りてきた。

「矢も撃つなよ。味方に殺されるのは御免だ」

別の見張り台に向かって言いながら、雷閃は長弓を放して刀を抜く。額の鉢金と左の籠手くらいしか防具を着けていないのは、俊敏さを低下させたくないかららしい。

柵に設けられた唯一の門が、村人二人の手によってひらかれる。

「俺も、連れてってくれ」

思いつめた表情で、鍬を持った村人の一人が雷閃に詰め寄った。妖魔に特別な恨みを持っているようだ。

「やめておけ。死人が増えるだけだ」

そのとおりだと感じたのだろう、村人は悔しげに目を落とし、それ以上何も言わなかった。

「行くぞ」

雷閃が歩きはじめた。岩持丸がその横につき、半郎は二人のあとにつづく。

「雷閃、岩持丸、あいつらをやっつけてくれ！」

「頼むぞ、半郎！」

村人たちが背中に声援を投げてくる。ほかの名が呼ばれることはない。外に出るのは、いつも三人だけだ。

草履で泥水を踏みつけながら、半郎たちは門を抜けていく。

扉が閉じていく中、半郎は振り返り、大きく一度頷いた。村人たちの声援が勢いを増す。

門が閉まり切ると、声援の音量が下がった。

雷閃は刀を下段に維持したまま走り出した。半郎も地面を蹴り、足を速める。岩持丸はいつもどおり、歩いたままついてくるらしかった。

村に損害を出さないために、門から少しでも離れた場所で戦うのが好ましかった。仮に何体かの妖魔が、半郎たちとすれ違って柵までたどり着いたとしても、一箇所に大挙させなければ問題はない。柵の隙間から槍で突き、破壊される前に倒すことができるからだ。村の男はみな、その訓練を受けている。

妖魔たちの光る目が、薄闇に残像を刻みながら接近してくる。

いよいよだ――半郎は意識的に気持ちを落ち着かせる。

「ぜんぶ低級妖魔みたいだな」

走りながら、雷閃は刀を上段に構える。刹那――。

振り下ろし、横振り、斬り上げの順に剣術を繰り出し、雷閃は三振りで三体の妖魔を倒した。

断末魔の叫びさえ上げることを許されなかった妖魔の屍は、どれも真二つに切断されていた。

雷閃が足を止め、刀の血振りをする。

「このへんでやるぞ」

「はい」

半郎は、その背後にぴたりとついたところで立ち止まった。

前方と左右を、妖魔たちが取り囲む。水を蹴る無数の足音が、一斉に鳴りやんだ。

ここまで近づくと、薄闇の中でもその姿を捉えることができた。低級妖魔は、並の大人より少し上背があり、皮膚や顔のつくりは爬虫類に近い。鋭い牙と爪は、人を捕食するために進化したのだろう。

蛇に似た声を発し、妖魔たちは威嚇してくる。

「頼むぞ」

雷閃は柄から放した片手で、小さな巾着袋を手渡してきた。半郎はそれを受け取り、頷いた。

暗雲を切り裂くように、雷閃は剣を振りながら妖魔の群れの中へ突入していく。

半郎は巾着袋を開け、中身を掌に出した。赤玉と呼ばれている、赤い丸薬だった。それを口に放り込むと、半郎は腰に提げていた瓢箪を取り、栓を抜く。

凶暴な声を上げ、妖魔たちが半郎に襲いかかる。

ごくりと赤玉を呑み込んだ。

その瞬間、全身の骨が軋み、筋肉が灼熱する。ついで半郎の身体は膨張と変色を始め、さらに爪が伸び、二本の角が生え、それを追うように髪も伸びていく。

赤鬼と化した半郎の周囲には、至近距離にいた妖魔たちの手足が散らばっていた。

《喰いてえ》

《人間を喰わせろ》

妖魔たちの声が聞こえてくる。どうやら鬼化しているあいだは、奴らの言葉が理解できるようになるらしかった。

「誰が喰わせてなんてやるもんか！」

そう言っているつもりなのだが、じっさいに口から発せられたのは、獰猛そうな叫び声だった。

飛びかかってくる妖魔に向けて、半郎は右腕を伸ばす。鋭い爪は相手の腹を貫き、そこから黒い体液が噴き出した。

半郎は爪を振り、そして突き出し、目についた妖魔につぎつぎと攻撃を加えていく。

後ろから跳びつかれたのだろう、右肩に一体の妖魔が嚙みついていた。皮膚は破れたようだが、肉を抉るには至っていない。赤鬼となった身体は、そう簡単に深手を負わせられるものではなかった。

半郎は左手で妖魔の頭を摑み、肩から引き剝がす。そのまま高く掲げ、一気に振り下ろした。地面に叩きつけられた妖魔は、びしゃ、と音を立てて破裂した。

きりがないな——半郎はあたりを見回す。妖魔はまだ何十体も残っている。遠くに見える塊は、雷閃に殺到する妖魔たちだろう。とにかく鬼化が解けてしまう前に、決着をつけなければならない。

後方に岩持丸の姿が見えた。

半郎は泥水を跳ね上げ、そちらに向かって走っていく。妖魔たちがついてきているようだが構わず進む。

岩持丸の前で歩を止めた。右手に持った石に妖魔の体液が認められる。何体か倒したようだ。人のときは見上げていた顔を見下ろしながら、半郎は右手を差し出す。

ほらよ、とばかりに、岩持丸はこちらに背中を向ける。

半郎はそこにある金棒を摑み、細長い籠から引き抜いた。貴重な鉄でつくられた、赤鬼化した半郎専用の武器だ。

振り返りざま、金棒を横一文字に振り抜く。

鋼鉄の六角柱は、追ってきていた四体の妖魔を一撃で吹き飛ばした。

「俺に当てないでくれよ」

言ったあと、岩持丸は欠伸をした。

金棒で妖魔たちを蹴散らしながら、雷閃のほうに向かって進攻する。戦うのが面倒なのだろう、岩持丸は絶妙な距離を保ってついてきた。

雷閃を取り囲む妖魔の群れまでたどり着いた。最も近いところにいる妖魔に、金棒を振り下ろす。相手は縦に圧縮されたみたいに潰れた。

妖魔たちが一斉に半郎を振り向く。その中心で、雷閃は剣を中段に構えながら、息を切らせていた。

《退(ど)けよ、お前ら!》

金棒を振り上げ、半郎は叫んだ。音の波動が、びりびりと髪を振動させる。妖魔たちは蜘蛛(くも)の子を散らすように雷閃から離れると、こちらに背を向け、山のほうへと退却していく。

だがおそらく、半郎の咆哮に恐怖したわけではない。空が白み始め、雨が弱まってきたからだろう。

雷閃は呼吸を整えながら、鞘に刀を納めると、背後を振り返った。

「一本角(いっぽんづの)……」

北東に聳(そび)える山のほうへと視線を伸ばし、雷閃は呟(つぶや)いた。それをなぞるようにして同じ方向に目をやると、遠くにだが、確かに〝一本角〟がいた。

数多(あまた)いる妖魔の統率者とみられる、頭から一本の角を伸ばした紫色の鬼だ。今回の襲撃も、やはり指揮を執っていたらしい。こちらを見ていた一本角は、ゆっくりと背を向けると、山のほうへと歩き出した。

全身から、湯気が立ち昇り始めた。それに伴い、半郎は徐々に萎んでいく。やがて少年の姿に戻ったが、伸びた髪はそのままだった。

半郎はその場に倒れ込んだ。身体には疲労感が充満しており、どこにも力が入らない。

「こいつめ、また甚平(じんべい)を脱がなかったな？」

雷閃は半郎の上体を抱き起こし、冗談を言うように笑った。鬼化する前に着物を脱ぐように言われているのだが、つい忘れてしまうのだった。そのせいで上は消し飛び、下はぼろぼろになってしまっていた。

雷閃は羽織(はおり)を脱いで、半郎にかけてくれた。

「あ……りがとう……ござ……」

半郎はやっとの思いで声を絞り出す。

「無理をするな」

雷閃は微笑んで、半郎の言葉を遮(さえぎ)った。その向こうで、橙色(だいだいいろ)の太陽が、山間(やまあい)から顔を出すのが見えた。雷(いかづち)の紋章が刻まれた鉢金が、きらりと光った。

「――では帰るぞ」

雷閃の言葉を受け、岩持丸が半郎を持ち上げる。

その両手に抱きかかえられながら、また欠伸をする声を聞きながら、半郎は確かな安堵感(あんどかん)をおぼえていた。

雨で水浸しになった草原は、すっかり湿原となっていた。水面が太陽の光を反射して、まるで大地そのものが輝いているようだった。

岩持丸の歩調に合わせて揺れる視界に、村の柵がぼんやりと映った。

家の天井が見え、半郎は目が醒めたことを自覚した。腹だけに力を入れ、ひょいと上体を起こす。

「あら、まだ寝てないと駄目じゃない」

部屋の隅で裁縫をしていたらしき彩音が言った。半郎にとって唯一の肉親である姉だ。

「大丈夫。もう元気みたいだ」

身体からはもう、疲労感も倦怠感もなくなっていた。半郎は掛け布団を跳ねのけて立ち上がる。

新しい甚平を着ているのは、姉が着替えさせてくれたからだろう。

「雷閃様と岩持丸様が連れ帰ってくださったのよ」

言いながら、彩音は機織りの準備を始める。半郎を起こさないようにするために、控えてくれていたようだ。

「そうだろうね」

応えながら、半郎は伸びをする。室内の明るさからして、いまは昼前だろうか。

「遊びに行ってくる」

「待って。髪を切ってあげる」

そういえば、髪は畳に擦ってしまうほどに伸びている。

土間に下りて椅子に座った。

彩音は後ろから、半郎の髪に鋏を入れる。ぱさ、と束が土間に落ちる音が聞こえた。動きようがないので、竈にあったおにぎりを食べながら、終わるのを待つことにした。

半郎は両親の顔を知らない。母は半郎を生むと同時に死んでしまったらしい。父はその数日後、村の外で妖魔に殺されてしまったのだそうだ。だからといって、姉と二人のこの暮らしを悲観したことも、親を想って泣いたこともない。記憶がなければ、哀しみようもないのだ。だが姉はきっと違う。半郎が生まれたとき六歳だったらしいから、親との思い出もあるはずだ。もっとも、彩音本人は半郎のほうが哀れだと考えているようだが。

「はい、終わり」

肩をぽんと叩かれた。半郎の周囲は切られた髪で真っ黒けになっていた。なんだか頭が軽くなった気さえする。

「ありがとう」

半郎は瓢箪の水で米粒を流し込むと、立ち上がった。

「じゃあ行ってきます」

振り返って彩音に告げた。姉は決して背が高いわけではないが、やはり六歳の差は大きく、顔を直視しようとすると、どうしても見上げる恰好となってしまう。

「あ、これをお返しするのを忘れずに」

彩音は畳の上から風呂敷包みを取り上げた。

「何?」

「雷閃様の羽織よ」

「ああ、そうだった」

半郎はそれを受け取り、斜めに背負った。

引き戸を滑らせて外に出ると、太陽は真上にあった。気温は高めだが、昨夜の雨が打ち水の役割を果たしているらしく、風が吹くと涼しく感じられる。

半郎の家は、家屋が建ち並ぶ居住区のはずれにある。その中心には長老の屋敷が建っており、三重のつくりになっているため、ここからでも三階部分なら見える。

半郎は西に向かって歩いていく。正面には川から引いた用水路が、村を分断するように走っていて、そこから向こう側には田畑や牧畜場、そして訓練場がある。

用水路沿いの小道に行き当たると、北に向かって進んだ。目的地までは少し遠回りになるが、水車の音を聞いたり、小魚を眺めたりするのが好きだった。

「おう、半郎！」

名を呼ばれ、水の流れを見ていた目を上げた。

前方から、頭に手ぬぐいを巻いた男が歩いてきていた。

「やあ、与兵衛(よへい)さん」

与兵衛は半郎の前で荷車を停めると、そこから色鮮やかな野菜をいくつか取り、笊(ざる)に移した。

「これ、持っていきな」

「いいの？　こんなに立派な野菜、市場で高く売れるだろうに」

「かまわねえよ」

「え、買うよ」

「お前はこの村の守り神だ。金なんて取ったら罰が当たらあ」

与兵衛は快活に笑った。与兵衛は自分の畑を持つ農民で、二人で暮らす半郎と彩音のことを気にかけ、収穫が多いときにはこっそり分けてくれたりするのだった。

「でも、勝手にもらうと、姉上に叱られるかも」

「だったら直接届けてやろう。彩音は家にいるのかい？」

「うん。きちんと着物を着てたから、慌てないと思うよ」

「そうか」

満足そうに笑い、与兵衛は笊ごと荷台に載せた。

「ありがとう」

「ばっか野郎、そりゃこっちの台詞だ。――じゃあな」

荷車を引き、与兵衛は半郎の脇を通り過ぎていく。半郎も歩き出した。

与兵衛の笑い声が聞こえたので、背後を振り返った。

「こりゃいいや」

と言いながら、与兵衛はこちらを見て笑っている。何が「いい」のかわからないが、半郎は笑い返し、前を向いた。

村の真ん中にある丘まで歩き、そこを登っていく。偉い人の墓だという話だが、立ち入りが禁じられているわけでもなかった。

広い頂上では、子どもたちが遊んでいた。半郎よりもずっと小さな子どもたちだ。みな風車を手に、楽しげな声を上げて走り回っている。

目の前を、お河童頭の女の子が横切った。

「風が吹いてくるほうに走ると、もっと回るよ」

教えてやると、女の子は素直にそれを実行し、「わあ」と大きな声を上げた。

頬に心地いい風を受けながら、半郎は北側を眺める。門の脇には厩舎があり、外にも二頭の牛が見えた。門とこの丘のあいだは広場になっており、村人たちが作物や着物や陶器などを売り買いしている。

東側に首を回した。村の議会などで使用される、立派な平屋が見える。隣には煙突から煙を上げる、鍛冶工場が林立している。

南側を振り返った。村人たちが寝起きする居住区が広がっている。真ん中にある長老の屋敷の三階部分は、ここからでも見上げる恰好になる。

西側を振り向いた。眼下を横断する水路の向こうに並んだ田畑では、村人たちが生き生きと農作業に励んでいる。上流側の牧畜場には牛や豚の姿が認められるが、さすがに鶏の姿までは見えなかった。

無意識に、半郎は微笑んでいた。この美しい風景を守るためなら、僕は何度でも戦える。

田圃の奥に広がる訓練場に、人影があることに気がついた。一心不乱に剣を振っているのは、雷閃に違いなかった。

「もう一人稽古を……」

戦闘後、すぐに休める半郎とは違い、雷閃には長老への戦果報告が義務づけられている。当然まだ休んでいるだろうと考えて、こうして時間潰しをしていたのだが、どうやら見当違いだったようだ。

丘を下り始めたとき、後ろから無邪気な笑い声が聞こえてきた。

振り返ると、お河童頭の女の子が、半郎を指さしていた。ほかの子どもたちもこちらを見て笑っている。

「かお」

満面の笑みを浮かべて、女の子は言った。

自分の顔がそんなに変なのか、それとも泥でもついているのか、半郎にはわからなかったが、袖で顔を拭い、笑い返した。

前に向き直ると、また背後で笑いが起こった。

気にせず斜面を駆け下り、水路をぴょんと飛び越えた。そのまま田圃のあいだの畦道を駆けていく。農作業中の村人が声をかけてきたので、走りながら手を振って応じた。村人の横を通り過ぎたあと、なぜかまた笑い声が聞こえた。

木人（もくじん）が並べられた訓練場に、やはり雷閃はいた。

細身だが筋肉質な上半身を曝（さら）け出し、自らを痛めつけるかのように、絶え間なく真剣を振りつづけている。

「雷閃殿」

その横顔に声をかけた。雷閃の手が止まり、顔だけがこちらを向く。

「おう、半郎」

「羽織をお返しに上がりました」

半郎は立ち止まり、背負っていた風呂敷包みを差し出す。

「いつでもかまわんのに、律儀な奴だ」

笑いながら白い羽織を取り出すと、雷閃は手近な木人に引っかけた。彩音に言われるまで忘れていたことは黙っておいた。

「ゆうべあんなに戦ったから、まだお休みかと」

「ああ。あの程度で息を上げているようでは、俺もまだまだだからな」

雷閃の右胸、そして肩甲骨のあたりには、手裏剣みたいなかたちをした傷跡がある。かつて一本角と対決したときに、鎧ごと貫かれたのだそうだ。

「お前こそ、まだ寝ていたほうがいいんじゃないのか？」

「自然に目が醒めちゃいました」

「そうか」

「あの、僕にも稽古をつけてくれませんか？」

村の平和を維持するためには、遊んでいる時間などないのだ。遊びに行くと彩音に告げたのは、半郎に「普通の子どもとして生きること」を望んでいる姉への気遣いだった。

「体術ならいいぞ。ちょうど剣に飽きてきていたところだ。何より、お前に剣術は必要ないだろうしな」

鬼化して戦うときでも、半郎本人の運動能力や技術は反映される。雷閃もそれを理解しているのだ。

「では、お願いします」

雷閃に背を向け、半郎は距離を取る。と、雷閃が大笑いした。半郎は振り返る。

「何が可笑しいのです？」

「わからんか」

「はい。今日はなぜだか、後ろにいる人に笑われるんです」

雷閃は脇差を抜き、両手にそれぞれ刀を持った状態で近づいてくる。そして半郎の頭を横から挟むようにして、二本の刀を宙に静止させた。

「見えるか？」

目の前の刃に反射して、後ろの刃が見える。そこには半郎の後頭部が映っている。地肌が三か所露出しており、それらは二つの目と笑った口みたいな形をしているのだった。

「やったな、姉上め！」

半郎の叫び声が響き渡る。

「彩音の奴、面白い女だな」

雷閃はまた笑った。

柵の向こうには、むせかえるような緑が広がっていた。

第三章

「そろそろ、奴らと決着をつけようと思っておる」

掛け軸を背に、雷閃の正面に座している長老は、のんびりとした口調で言った。

「いつまでも、妖魔の脅威に怯えながら暮らすわけにもいかんからのう」

長老の目は白い柳のような眉に隠れているため、どこを向いているのか窺えない。右手の縁側から射し込む日光が、烏帽子を被った長老の影を畳に映している。

「それはわかりますが、しかし、どのようにして」

雷閃は正座を崩さぬまま訊く。先刻、使いの者を通じて長老の屋敷に呼び出されたのだった。

「それはな」

長老の横に立つ浄羅が口をひらいた。彼は長老と最も密にやりとりをしている、村の参謀である。髪も眉も一本残らず剃り上げているせいか、左目から頭にかけて火傷の痕があるせいか、威圧感をおぼえる者も少なくない。武の才も秀でており、槍術においては雷閃を凌ぐほどの実力を持つ。

「先の襲撃を受けた際、妖魔を一匹、生け捕りにしてあったのだ。お前たちをすり抜けて、柵までたどり着いた奴だ。そやつの脚を切り落とし、野に放ったのだが——雷閃、お前ならばどうなるか見当がつくであろう」

「住処に帰っていく、でしょうか」

「さよう。現在使いの者がその一匹を追跡している。人の匂いを感じ取られぬよう、距離を保ちながらな」

「そこでじゃ」

触っていた長い顎鬚から手を放し、長老は言った。

「明日、総攻撃をかけてみようと考えておる」

雷閃の眉間に、思わず力が入った。

「しかし、それはあまりにも危険であるという判断から、いままで――」

「半郎の力が不安定じゃったからな」

長老は、ふたたび顎鬚を伸ばすように触りはじめた。

「じゃが、いまのあやつはもう、完全に鬼の力を制御できておる」

過去に鬼化した半郎が、村人に襲いかかろうとしたことがあった。丸薬の効果が切れるまで、雷閃が注意を惹きつづけたため人的被害はでなかったが、あれは暴走というほかにない状態だった。だが長老の言うように、いまの半郎にはそのような危うさは見られない。もっとも、丸薬の調合技術が上がっていることにも助けられているのだろうが。

「そういうことでしたら」

雷閃の合意を受け、浄羅が一つ頷いた。

「具体的な作戦はこうだ。まず、練度の低い一部の者を除外し、男たちの中から志願者を募る。そやつらを率いて、敵の巣まで赴く。そして巣に油を流し、火を放つ。幸い、近く雨は降りそうにない。生き残った妖魔らを、お前と半郎が仕留める。上手く運べば、これで妖魔を討ち滅ぼすことができるはずだ」

一本角の戦力を計算に入れていないとはいえ、たしかに有効な手段ではある。しかし――。

「仕掛けるのは、住処がはっきりしてからでもよいのではありませんか？」

もっともな意見だ、と浄羅は雷閃を指さした。

「我もはじめはそう考えていた。だが、巣を突き止めてから動いたのでは遅いのだ。戻った妖魔から人の匂いがすれば、奴らは警戒するに違いない。迎撃の備えをされてはこちら側の損害も大きくなるし、巣を引き払ってしまうこともないとは言い切れない。さらに、もしも先延ばしにした場合、雨雲の心配もせねばならなくなる」

「ごもっとも」

雷閃は納得していたのだが、どうも表情が硬かったらしく、浄羅は小さく笑ってそれを指摘してきた。

「そう難しい顔をするな、雷閃。無論、我もそう上手くいくとは思っていない。だが、もしも追った妖魔の着いた先が巣ではなかったとしても、こちら側に大きな損はない。そのときはただ、退(ひ)けばよいのだからな」

「異論はありません」

こんどは意識して、表情を和(やわ)らげて言った。

浄羅は頷き、長老は顎鬚から手を放す。

「では、村人を広場に集合させよ」

夕方、広場に集まった村人たちに作戦の概要を説明し、決を採った。じつに九割の村人が、本作戦の実行を支持した。妖魔によって平穏な暮らしを脅かされる精神的苦痛は、もはや限界に達しているのだろう。

＊　＊　＊

黒い体液の跡は、北東に向かってつづいていた。

それをたどるようにして、半郎は夜明けの平原を歩いていく。脚を切り落とされた妖魔が放たれたのは、昨日の昼過ぎだと聞いている。皮肉にも、妖魔の生命力の強さを祈らざるを得なかった。

半郎の背後を、村人たちは列をなしてついてきていた。この戦いに志願した男たちだ。みな槍や刀や弓で武装しており、「やっと俺も戦えるぞ！」とか「妖魔の奴ら、この手でぶっ殺してやる！」などと言って息巻いている者もいる。牛車も三台出されていて、それぞれの荷台には、油の入った壺がぎゅうぎゅうに積まれている。

村を出発する際、岩持丸が荷台に乗り込もうとしたのだが、みなに非難されてけっきょく諦めていた。彼はいま、しぶしぶといった様子で、列の最後尾を歩いている。

「半郎」

隣を歩く雷閃が言った。長旅に備えてか、珍しく笠を被っている。

「はい」

「これを渡しておく」

雷閃は巾着袋を差し出してきた。

「でも、まだ戦闘になりそうな気配はありませんけど」

「今回は、いつどんな戦いになるか読み切れん。三種類、すべての丸薬が入っている。お前の判断で、必要なものを必要なときに使え」

半郎は恭（うやうや）しく巾着袋を受け取ると、その口をひらいて中を覗き見る。赤玉、青玉（せいぎょく）、緑玉（りょくぎょく）——確かに、全種類の丸薬が入っていた。

ごくりと唾を呑み込んでから、半郎は応えた。

「わかりました」

雷閃が事前に丸薬を渡してきたのは、初めてのことだ。長老や浄羅の許可は得られているのだろうか。しかしどうであれ、いつもと同じように雷閃を頼ってはいけない、そう考えておいたほうがよさそうだ。

巾着袋を懐にしまい、顔を上に向けて深呼吸した。頭上を、鳶（とんび）が旋回するように飛んでいた。


ひたすら北東に進んだ結果、山岳地帯を行く羽目になった。土と砂利の地面から生命力は感じられず、生えているものといえば、生きているのか死んでいるのかわからないような木と雑草だけだ。

みな無口になっていた。もう陽は暮れかけているというのに、正午に一度だけ休憩を取ったきり、歩き通しだからだろうか。もしかしたら、妖魔との戦闘に対する恐怖心も関係しているのかもしれない。

傾斜が緩いのは幸運だった。油を積んだ牛車が立ち往生してしまうこともなく、ここまで進んでくることができた。

突然、雷閃が立ち止まり、刀の柄に手をかけた。

緊張が走り、半郎は感覚を研ぎ澄ませる。しかし、雷閃の右手は抜刀に至らず、柄から離れた。

「殺気はないな」

雷閃が呟いてまもなく、その足下に矢が突き立った。矢には紙が結びつけられている。

しゃがみ込み、紙をほどくと、雷閃はそれを広げた。半郎は横から覗き込む。

妖魔の巣　近く　用心されたし　なお　いまのところ　気配はなし　月影

脚を切り落とした妖魔を追跡していたという、長老直属の使いが放ったものに違いなかった。月影（つきかげ）という名前らしい。

「どうやら野宿はせずに済みそうだな」

雷閃は笑みを浮かべて言うと、立ち上がりながら背後を振り返る。いつのまにか、村人たちが半円を描いてこちらの様子を窺っていた。

「敵は近い。ここから無関係の会話を禁ずる」

みな真剣な顔で、大きく一度頷いた。

そこから少し進むと、傾斜が平坦になり、正面に岸壁が見えてきた。

地面に刻まれている体液の跡も、新鮮さを増してきていた。夕陽を反射している箇所さえ認められる。

そしてとうとう、半郎の目に妖魔の姿が映った。二本の腕と一本の脚を動かし、地面を這いずって進んでいる。そののろさから、瀕死であると推測できた。

雷閃が歩を止め、身を低くする。それに倣って全員が屈み込んだ。

妖魔の行く手には、一つというより一本と数えたほうがよさそうな、背の高い岩が突き立っている。石碑に見えなくもないが、文字は確認できない。さらにその奥には、岸壁にぽっかりと口を開けた暗闇が見える。洞穴に違いなかった。

妖魔は岩の横を過ぎ、やはり洞穴に向かって進んでいく。

「俺と半郎で先を見てくる。みなはここにとどまれ」

村人たちは雷閃に頷き、半郎は巾着袋を取り出した。

足音を立てぬよう注意しながら、雷閃のあとについていく。

いつ洞穴から妖魔が押し寄せてきても不思議ではない——半郎は暗闇に意識を集中し、目を凝らす。ところが沈む寸前の日の光は弱く、中の様子を教えてはくれなかった。

雷閃が足を止めて岸壁の上を振り仰いだ。

半郎も瞬時に同じところを見た。

青白い光が、こちらに向かって伸びてくる。光は頭上を越え、凄まじい速さで後方へと流れていく。

振り返りながら、半郎は察した。あれは、鬼火だ。

鬼火は一台の牛車に命中した。

爆風と眩しさに、反射的に目を閉じた。ふたたびひらいたとき、荷台から火柱が上がっていた。積んでいた油に引火したようだ。四、五人が巻き込まれたらしく、火だるまになった状態で、地面をのたうち回っている。

悲鳴と絶叫がこだました。

「あ……あ……」

息を荒らげ、半郎は放心状態で立ち尽くす。

「しっかりしろ、半郎」

雷閃の声が聞こえ、忘れていた戦意を取り戻した。鬼火が放たれた場所に、ふたたび目を向ける。

岸壁の頂上には、一本角の影が浮かび上がっていた。その両脇には、四本の腕を持つ、中級妖魔の姿も確認できた。

「よくもみんなを……」

半郎は巾着袋を開け、赤玉を取り出す。

「待て、それじゃない」

雷閃は横目でこちらを見ていた。

「でも」

「お前は村に帰れ」

「僕も戦います！」

「聞け、半郎。状況を見てわからないか？　俺たちは誘き出されたんだ。村の戦える者たちと一緒にな。おそらく残りの妖魔が、いま村を襲っているのだろう」

彩音や与兵衛の苦しんでいる顔が浮かび、血の気が引いていく。

しかし、一本角はどうやってこちらの状況を知ったというのだ。

『さすが察しがいいな、雷閃』

一本角の野太い声が響いた。

その頭上を、鳶が飛び回っている。まさか動物が、妖魔の側についたというのか。

「行け、半郎。村はお前にしか救えん」

一本角を見上げたまま、雷閃は抜刀した。

「はい！」

半郎は青玉を取り出して口に放り込むと、瓢箪の水で呑み込んだ。

血液が沸騰するような感覚が訪れ、骨が軋む。全身から湯気が発せられた後、半郎は青鬼と化した。

赤鬼化したときほど肉体は大きくならないため、甚平を破いてしまうことはない。当然、攻撃力も防御力もそれほど向上しないが、青鬼化した場合、素早さが格段に上昇するのだった。

《痛いよう。助けて……》

妖魔の声が聞こえ、思わず地を這う一匹に目をやった。低級妖魔にも、こんな感情があるのか――。

「急げ！」

雷閃の一喝(いっかつ)でふと我に返り、半郎は地面を蹴った。

必ず、戻ってきます。

全速力で両足を回転させ、村を目指して走った。

＊　＊　＊

太陽は沈み、夜が訪れた。

「全員、退け！　ここは俺に任せ、村を守るのだ」

雷閃は剣を構え、崖上にいる一本角を見上げながら叫んだ。

村の男たちが退却していくのが、音と気配でわかった。牛は無事だったようだから、無傷の牛車に怪我人を乗せることもできるだろう。

「早くしろ！　もう一発飛んでくるかもしれんぞ」

村人たちを急(せ)かすための嘘だった。

三年前に一本角と闘ったことのある雷閃にはわかっていた。鬼火は、そう間を置かずに撃てるものではないと。

一本角と、二体の〝四本腕〟が、岸壁を滑り降りてくる。

一本角の本来の名は紫焔(しえん)と言うらしいが、角が一本となってからはその呼び方をしていない。見た目にちなんだ呼び名にしたほうが、ほかの者たちにもわかりやすいからだ。

村の男たちの声が後方へ遠ざかっていくのを耳で感じながら、雷閃は苦笑した。

哀しいかな、いまの己にできることといえば、彼らが安全な場所に逃げ延びるまでの時間稼ぎくらいだ。人間である自分が、過去に上級妖魔である鬼――一本角と渡り合えたのは、一対一の勝負だったからにほかならない。三対一では、どう足掻いても命を落とすことになるだろう。

ずん、と地を鳴らし、一本角が正面に降り立った。雷閃の倍近い身の丈と同等の長さをした、槍のような武器を持っている。

一拍遅れて、二体の四本腕が着地した。鬼に比べれば小柄だが、やはり人間よりは大きい。左右に二本ずつ生えている腕に武器らしきものは持っていないが、二十本の指先からは、鋭い爪が伸びている。

「まさか槍の穂にするとはな。自分の角と別れるのがそれほど惜しかったか」

一本角の持つ槍の穂は確かに、かつて雷閃が斬り落とした角だった。頭の切断痕は盛り上がってきているものの、角と呼べるほどの再生は果たしていない。

『お前のほうは、潰れた肺を活かしてはいないようだな』

一本角は揶揄するように言う。三年前の闘いで、雷閃は角で胸を貫かれ、肺を一つ駄目にされたのだった。

「妖魔が言ってくれるな」

『何を言うか。その食料である人間風情が』

雷閃の会ったかぎりでは、人間の言葉を喋る妖魔はこの一本角だけだ。長老の話によれば、十二年前に討伐された〝鬼王〟なる三本角の鬼も、会話ができたのだという。知能水準が高い鬼の中でも、この二体は特別な個体なのかもしれない。

背後で燃え盛っている炎が雷閃の影をつくり、その頭を一本角の脚に投影していた。

『今宵こそ葬ってやるぞ、雷閃！』

一本角が片足を前に出し、こちらに向かって槍を突く。

雷閃は斜め後ろに跳び、背の高い岩の陰に移動する。

槍の穂が笠をかすったらしく、じ、と摩擦音がした。

この岩を上手く使って、できるだけ敵を足止めするとしよう――雷閃は笠を背にずらした。

槍の穂がつぎつぎに、岩の脇から飛び出てきては消える。

『人間らしい姑息な戦法だな』

挑発するように一本角は言う。だが無論、そんなものに乗るわけにはいかない。

一本角の両脇にいた二体が、それぞれ左右に広がるように移動しはじめた。やはり回り込んでくる気か――雷閃は目だけを動かし、進行速度の速い左側の四本腕を見る。

予想に反して、相手はあらぬ方向に走っていく。その先に視線を投げると、地べたに座っている岩持丸の姿が見えた。

なぜ、撤退しなかった……。

雷閃の胸に冷たいものが広がっていく。ほか二体の敵がこちらに移動を許したとしても、もはや追いつける距離ではない。

「逃げろ、岩持丸！」

そう叫ぶことしか、雷閃にできることはなかった。半郎が青鬼化した時点で、ひとまず武器運びとしての意義は失われた。しかし、ここに残る意義こそ尚更ないではないか。まさか、喰われることで、時間稼ぎをしようというのか。

威嚇するような奇声を発しながら、四本腕は岩持丸に接近していく。岩持丸は炎に照らされる横顔を向けたまま、動く気配を見せない。

嗚呼、自分はいったい、何人の友を失うのだ——。

すべての腕を広げ、四本腕は岩持丸に飛びかかる。

鈍い音が響いた。

それと同時に、四本腕はいっさいの動きを停止した。頭は縦に圧縮したように潰れ、その潰れた状態のまま、胸のあたりまでめり込んでいる。鋼鉄の六角柱が振り下ろされたのだと気づくまでに、ひと間かかった。

「これくらい、俺にも振れるよお」

普段どおりののんびりした口調で言いながら、岩持丸は陥没した敵の胴体から金棒を持ち上げる。四本腕はよろけ、ぐらりと揺れたあと、仰向けに倒れた。

雷閃は驚愕した。あれを振れるのは赤鬼化した半郎だけだと思い込んでいたが、どうやらそれは、岩持丸の怠惰な性質が見せた幻惑だったらしい。

もう一体の四本腕が、すでに右側から接近してきていた。真反対にいる岩持丸に、その対処は期待できない。

岩の左右からつぎつぎに襲いかかってくる穂先をかわしながら、雷閃は右側に神経を集中させる。一本角の攻撃がやむ瞬間を見計らい、四本腕に一太刀浴びせるしかなさそうだ。四本の腕に防御させずに一撃で仕留めるためには、突きだ。喉を一撃で貫くのだ。

しかし、一本角はその隙を与えてはくれなかった。

『呆気なかったな、雷閃。この手で殺してやれないのは、ちと残念だが』

「くっ」

すぐ横まで、四本腕は迫っている。こうなれば、どちらかの攻撃を受けるのは避けられない。一撃で殺せる見込みのある、四本腕と刺し違えるしかないか。

雷閃は剣を引き、四本腕の喉に狙いを定める。これを突き出したとき、槍に邪魔されないかどうかはもはや運しだいだ。運に見放されれば、自分は両手を持っていかれるだろう。

突然、四本腕が奇声を発し、立ったまま洞穴のほうへと滑っていく。

見ればその肩には矢が刺さっていた。

それが放たれたであろう方向――右斜め後ろに視線を送ると、火柱の脇で弓を構える、黒装束に身を包んだ男の姿が認められた。

「月影……！」

月影は弓を捨て、二本の小太刀を両の手で抜く。

「恥ずかしながら、あなたほどの腕はありません故、そちらの四本腕を引き受けさせていただきます」

雷閃には目もくれず、四本腕は月影に向かって突進していく。

逆手に握った二本の小太刀を構え、月影は近接戦闘に備える。

激しい打ち合いが始まった。腕二本ぶんの手数の差を、月影は速さで補っている。

頭上の空気の流れが止まるのを感じ、雷閃はそちらを見上げた。

槍の穂先を雷閃に向けながら、一本角が落下してくる。痺れを切らしたのか、岩を飛び越えてきたようだ。

雷閃は岩を軸にごろりと地面を転がり、反対側へ回り込んだ。まもなく、一本角が着地する重い音が響いた。

『仲間を二人も残していたとはな。だがこれで、お前をこの手で葬れる』

火柱を背にした一本角の影が、片膝を立てる雷閃の横に映っている。こちら側なら、それにより相手の動向がわかる。

『それにしても、ずいぶん弱腰になったものだな、雷閃』

「お前も動きが鈍ったんじゃないか？」

『ほざけ』

岩の影に一本角の影が重なり、すぐに右側にずれた。岩の脇から穂先が迫る。

丸見えなんだよ――雷閃は半身になってかわすと同時に、斬り上げの動作を繰り出した。柄を握っていた一本角の左手から、親指以外の指が切断される。すでに雷閃は柄に飛び乗っていた。そのまま二歩走ると跳躍し、すれ違いざま、一本角の顔面目がけて水平に剣を振る。

空中で、肩越しに振り返った。相手は首を傾けてかわしたらしく、頬と耳から黒い血液を流す程度の負傷にとどめていた。

やはり浅かったか。内心で舌を打ち、雷閃は着地した。あれくらいの傷では、じきに再生するだろう。

火の光に照らされた顔が、ゆっくりとこちらに向く。

『貴様……』

炎を映す白一色の目が、雷閃を睨んでいた。

＊　＊　＊

長老の屋敷の三階から、浄羅は村の北東を見つめていた。

隣で廻り縁の手摺りに両手を置く長老も、同じところを見下ろしていた。

「じきに破られるな」

村を囲む柵の一箇所に、低級妖魔の群れが殺到しているのだった。村の男たちが内側から槍で突き、また松明で威嚇しているが、妖魔たちに怯む様子は見られない。対処にあたっているのは、妖魔討伐隊に組み込まれなかった、戦いに不慣れな農民ばかりだった。

「してやられましたな」

訓練度の高い男たちが出払っている、まさにそのときに襲撃してきていることが、浄羅には偶然とは思えなかった。

「一本角の計略じゃな」

長老も同じ考えを持っているようだった。

柵の外にひしめく妖魔たちは塊になっていた。その上に別の妖魔が乗り、さらにその上にまた別の妖魔が乗り、といった具合に、仲間を踏み台にして柵を乗り越えようとしている。いや、柵を圧し倒そうとしているのかもしれない。

柵が傾きはじめ、対応していた男たちが動揺の声を洩らす。

その様子を見下ろしたまま、長老が口をひらいた。

「村人たちを、丘の下に避難させよう」

村のほぼ中央にある丘は古墳であるため、その中は空洞になっているのだった。出入口となる扉は土と草で覆ってあるため、ほとんどの村人たちはその存在を知らない。

「長老も避難されたほうがよろしいのでは」

浄羅は忠告に似た提案をしたが、長老はゆるゆると首を振った。

「あそこに入れる人数には限界がある。村人を優先させるのじゃ」

「わかりました」

浄羅は大声を張り上げ、長老の意思を村に広める。二階で待機していた部下の返事と、階段を下りる足音が聞こえてきた。彼は古墳の扉の位置を知っている。

「では我はここで、村の者に声を投げつつ、あなたの命を死守しましょう」

浄羅は三叉(みつまた)の槍を手に取った。

＊　＊　＊

自分自身が風を切る音を聞きながら、半郎は村に向かって走っていた。

青鬼となった半郎の足は、馬などよりよほど速い。歩幅は狭いが、回転速度が段違いだ。後ろから引っ張られているように、伸びた髪がなびいている。

月明りのおかげか、あるいは一時的に妖魔になっているからか、視界はよく利いており、地面の凹凸に足を取られることはない。

青鬼化した半郎の両拳からは、短刀のように平たく鋭い爪が伸びている。ひょっとしたらこれは、骨なのかもしれないが。

村の門が見えてきた。そう認識した直後にはもう、それは眼前に迫っていた。地面を蹴り、門の脇の柵に跳びつく。そのまま駆けるようにして上に進み、物見櫓の屋根に飛び乗った。

何だよ、これ……。

己の目を疑うような光景が広がっていた。村の中を、低級妖魔たちが我が物顔で闊歩しているのだ。立っている村人の姿は認められず、倒れている者は例外なく妖魔に喰らいつかれ、たとえ生きていたとしても絶命寸前といった状態だった。人肉を貪る音と弱々しいうめき声が、火の粉とともに宙を漂っていた。

あそこから、雪崩れ込んだというわけか——半郎は左前方を睨んだ。柵の一部分が倒壊しており、燃えたままの松明が傍らに放置されている。

手遅れだった——。夜空に浮かんだ彩音の笑顔が、陶器がそうなるようにひび割れ、そして砕け散った。

妖魔に対する憎しみが溢れ返ったかのように、半郎の口から強大な叫び声が発せられた。

物見櫓から飛び降りるや、手近な妖魔に向かって突進していく。左腕を引き、こちらを向いた相手とのすれ違いざま、薙ぎ払うように振った。

切断された妖魔の頭が跳び、胴体のほうは歩行をつづけたが、まもなく倒れた。

別の妖魔が目に留まった。こちらに背を向け、広場に横たわる村人の身体を貪っている。

《うめえ。うめえよう》

何してるんだよ、お前……！

そちらに接近し、右の爪でその背中を突き刺した。妖魔が断末魔の声を上げる中、爪を引き抜く。急所を捉えたらしく、相手はすぐに絶命したが、喰われていた老人らしき村人も、すでに死んでいた。

いま倒した妖魔の叫びが呼び笛となったのか、数体の妖魔が近づいてくる。

いいさ。やってやる。僕にはもう、お前らを殺すことしか——。

一気に四体が襲いかかってきた。半郎は取り囲まれないよう、右端の妖魔を回り込むようにして移動する。力が強くなる赤鬼のときとは違い、素早さだけが上がるいまの状態では、摑まれたら振り払うことはできない。

不意に立ち止まった。地面を滑る半郎に、四体は身体を正対させる。目の前の妖魔たちは、ほぼ一直線に並んでいた。

上体を右によじり、地を蹴った。よじったぶんを戻すように腰を回転させながら、両腕を同時に振る。一体目の胸に二本の横線が刻まれ、そこから体液が噴き出した。着地はしたが止まることなく、半郎は二体目に、背面を向けた状態から、回転裏拳打ちの要領で左拳を伸ばす。横一閃、爪は相手の首を切り裂き、その頭部が跳ね上がった。三体目は、すでに半郎に対して右手を突き出していた。半郎は頭の位置をずらしてそれをかわしながら、相手の右腕に交差させるようにして右を伸ばす。爪は三体目の喉に突き刺さった。すぐさま引き抜き、四体目を睨む。宙に「×」

の字を描くように、敵は両腕を振る。半郎はそれを屈んですかし、伸び上がりながら左を突き上げる。平たい爪の先が顎の奥から侵入し、脳天から飛び出した。

尖った爪の先から、黒い体液が滴り落ちている。両腕を振り、それを払った。

十体近い低級妖魔が、こちらに向かってきていた。妖魔の絶叫は、やはり仲間を呼ぶらしい。

来いよ。ここで全滅させてやる——半郎は半身になって拳を構える。とそのとき、女の悲鳴が響いた。

胸の中から復讐心が追い出され、代わりに冷静さと希望が生まれた。生存者がいるのか。ということは、彩音も生きているかもしれない。とにかく、助けなきゃ。

半郎は妖魔の群れに背中を向け、柵のほうへと走り出した。背後から、妖魔たちの声が聞こえてくる。

《待て》

《喰わせろ》

半郎は跳び上がり、柵の内側に両足をつく。そのまま力いっぱい膝を伸ばし、群がりつつあった妖魔たちの頭上を飛び越えた。

悲鳴の聞こえた方向——用水路沿いの道に出た。

僕の、せいだ……。

悲鳴の主であろう女は目を剥いたまま、道の真ん中に仰向けになって倒れていた。二体の妖魔がくちゃくちゃと音を立てて、その肉を喰っている。

半郎はその二体に不意打ちを仕掛け、すぐに倒したが、女はやはり手遅れだった。

悲しむまもなく、半郎の心は凍りついた。傍らに、見憶えのある風車が落ちていたからだった。

これは、丘で遊んでいたあの子のものだ……。

なかば無意識にそれを拾い上げると、女の亡骸に目を移した。

この人は、あの子の母親だったのか……？

周囲を見回すが、女の子の姿はない。耳を澄ます。用水路に流れる水の音。呑気に回る水車の音。それらに交じって、しゃくり上げるような子どもの息遣いが微かに聞こえてきた。

そちらに近づいていくと、用水路の水に足を浸し、水車の陰に隠れている幼女の姿が目に入った。

やはり、あのお河童頭の女の子だった。

《よく頑張ったね》

半郎は言ったが、女の子には妖魔の声に聞こえているらしく、怯えた顔で半郎を見上げている。

《大丈夫。僕は味方だよ》

言いながら、風車を渡してやった。敵意の波長を感じなかったからか、女の子の顔から険しさが減っていく。

《さあ、いっしょに行こう。僕が守る》

女の子は半郎に両手を伸ばした。

その子を左腕に抱き、半郎は村の中心に向かって走る。風車は猛烈な速さで回っていた。

どこか、安全な場所はないものか。

妖魔の姿はそこら中に見られるが、行く手を阻む者だけに右腕を振った。

丘の横を通り過ぎたとき、浄羅の声が聞こえてきた。

「半郎！　生きている者を、丘の下に避難させるのだ！」

長老の屋敷の二階部分で槍を構え、浄羅はこちらに顔だけを向けている。その顔が黒く見えるのは、妖魔の返り血を浴びているからだろう。三階の廻り縁には長老の姿も認められた。

丘を見ると、南側の裾のところに村人が殺到しているのがわかった。何人かの男が、避難者たちを誘導している。どうやらあそこから中に入れるようだ。

まだこれだけの生存者がいたのか――心の中に光が射した。

半郎は丘に近づいていき、女の子を芝の上に下ろした。横には誘導している男の一人がいる。

《きっとまた、この丘で遊ばせてあげるからね》

言葉が通じるはずなどないのだが、女の子はこくりと頷いた。

半郎は即座に踵（きびす）を返し、居住区の、自分の家を目指して走り出した。

妖魔の巣からここまで、酷使しつづけた身体には、疲労感が広がっていた。走る速度も落ち、妖魔の攻撃に対しても、「かわす」より「受ける」頻度が増していった。

民家が立ち並ぶ居住区にも、やはり妖魔は徘徊（はいかい）していた。半郎は息を切らせながら、何とか敵を倒していく。

家の前の通りに出ると、二体の妖魔が道を塞いでいた。

家はもうすぐそこだというのに……。半郎は焦りと苛立ち、そして疲れを抱えたまま、二体に立ち向かっていく。先に仕掛けてきた一体の咽喉に向けて左腕を伸ばしたが、爪は相手の胸に刺さった。疲れによって狙いが外れ、威力も弱まっているようだった。

やはり傷は浅かったらしく、相手は半郎の左腕を両手で摑んできた。敵の爪が皮膚を破り、それぞれの穴から黒い血液が流れ出る。やむなく右の爪を腹に突き刺して仕留めたが、すでにもう一体が前方から迫っていた。

いまの体力では、爪を抜いていては間に合わない。半郎は前に倒れ込みながら顎を引き、相手の腹に二本の角を突き刺した。そのまま半郎と二体の敵は、もつれ合いながら地面に倒れた。

自分がどんな体勢でいるのかも、全身に付着しているのが誰の体液なのかも、瞬時には判然としなかった。しかしどうやら、二体目も死んでくれたようだ。

妖魔に襲われ悲鳴を上げる彩音の姿が浮かび、半郎は悪臭と疲労感を忘れた。爪を引き抜き、角を引き抜き、膝に手をやり立ち上がる。

懸命に走り、家の前に着いた。

まだいるか……！

半郎の気配を感じたのだろう、引き戸の前にいた一体は、こちらを振り返ると襲いかかってきた。顔を突き出し、牙だらけの口を大きく開けて突進してくる。上顎と舌を、唾液の糸がつないでいた。半郎はつっかえ棒代わりに左腕の爪を嚙ませると、右腕で腹を殴るようにして、そこを突き刺した。そのまま右腕を回し、内臓を破壊していく。

絶命した敵を払いのけ、引き戸を滑らせた。

その瞬間、殺気を感じた半郎は、反射的に左腕を頭上に掲げた。硬いものを受け止めた爪が、ぎん、と鳴った。

だがそれは、妖魔の爪ではなく、姉の振り下ろした包丁だった。

「半郎……」

彩音は驚いた声で言うと、壁際の竈から飛び降りた。どうやら姉は、妖魔が入ってきたら一撃を見舞うつもりだったらしい。

「よかった。無事みたいで」

同じように安堵しながら、半郎は避難壕に向かいたい意思を、身振りで伝える。急がなくてはならない。

突然、全身から湯気が立ち昇りはじめた。半郎の身体はみるみる萎んでいく。

待ってくれ。まだ、人間に戻るわけにはいかないんだ！

その願いは叶わず、半郎は少年の姿に戻ってしまった。脱力感に抗えず、土間に両手をつく。

「半郎、大丈夫？」

彩音は包丁を置き、横にしゃがみ込む。肩に手が添えられたが、半郎はごろりと横に倒れた。

開いたままの引き戸から外が見えた。妖魔が家に入ってこようとしている。

「逃げて……」

半郎の顔を見つめたままの彩音に告げたが、戸口を指さす力さえ残されていなかった。

「何？」

焦った声で彩音は訊く。侵入してきた妖魔は、彩音に向かって爪を突き出す。はっとそちらを振り返り、姉は悲鳴を上げた。

やめろ。やめてくれ――。

ざく、と小気味のいい音がしたのと同時に、妖魔は動かなくなった。その頭には、鍬の刃が突き刺さっている。

倒れた妖魔の向こうには、鍬の柄を両手で握る、与兵衛の姿があった。

「与兵衛さん」

独り言のように彩音が言った。

「丘に急ぐぞ。避難できるらしい」

与兵衛は半郎を担ぎ、外に出ると、鎌しか載っていない荷車に寝かせた。こんなときでさえ気にかけて、様子を見にきてくれたらしい。

「半郎、妖魔の巣での戦いの話、こんどゆっくり聞かせてくれ」

冗談を言うように語りかけると、与兵衛は荷車の持ち手側に移動する。

違うんだ。作戦は、失敗したんだ――半郎の胸は申し訳なさでいっぱいになっていた。

「彩音、走るぞ!」

「はい!」

半郎の足のほうにいる姉は、着物の裾をたくし上げる。

「姉上……」

何とか声を絞り出し、半郎は荷車の後方を目線で示した。彩音は背後を振り返り、小さく声を洩らした。

二体の妖魔が、彩音の向こうから近づいてきているのだった。標的を絞ったからだろうか、どんどん速度を上げている。

「こりゃあまずいな」

ふたたび与兵衛が視界に入ってきた。事態に気づいたようだ。

「彩音、重いだろうがそれを引いて走れ」

言いながら、鍬を構える。

「でも――」

「誰かが足止めしなけりゃ追いつかれる。――行け！」

与兵衛は鍬を横にして、二体の妖魔の進行を止める。

「はは。俺はこうなることを望んでたのかもしれねえ。おんなし死に方をすりゃあ、女房と子どもとおんなしところへ行けるだろう」

駄目だよ、与兵衛さん。二人が僕を置いて、逃げればいいじゃないか！　半郎は鎌に手を伸ばしたが、持ち上げることはできなかった。

「ぐあ！」

妖魔の爪が、与兵衛の肩に突き刺さる。

「父親のように思っていました」

何かを決意したように強い語気で言うと、姉は視界から消え、まもなく荷車が動きはじめた。

妖魔二体に押し負け、とうとう与兵衛は倒れた。二体はその上に覆い被さり、口を開ける。与兵衛の絶叫が響き渡った。揺れる視界の中で、与兵衛がみるみる小さくなっていく。

「彩音、半郎、野菜はしっかり摂るんだぞー」

聞き取ることのできる言葉は、それが最後だった。

半郎の胸は激しい痛みに襲われていた。丸薬の副作用などではない。原因は、悔しさと悲しみにほかならなかった。

――お前はこの村の守り神だ。金なんて取ったら罰が当たらあ――

違ったよ。全然違った。僕は、あなた一人さえ守れなかった……！


居住区を抜けるところで、不意に荷車が止まった。

彩音は荷台から鎌を手に取ると、ふたたび半郎の視野から外れた。

「化け物のあんたなんかに手出しはさせない」

鎌で妖魔とやり合うつもりか――。半郎はやっとの思いで寝返りを打ち、前方の様子を窺う。

狭い路地の先に、一体の妖魔がおり、こちらににじり寄ってきている。

「この子は、たった一人の弟なの」

彩音は気丈な態度を取っているが、鎌を握る手は震えていた。

「もういい。逃げて……」

半郎の言葉を、姉は黙殺した。

後ろから妖魔の声が聞こえ、半郎は振り向いた。二体の妖魔が、路地に入ってきていた。狙ったわけではないのだろうが、事実上の挟み撃ちだ。ここを抜ければ、丘は目と鼻の先だというのに……。

二体の後ろに、突如として人影が現れた。つぎの瞬間、手前の一体の胸から、槍の穂先が飛び出した。奥の一体も叫び声を上げげる。どうやら槍の一突きで、二体の妖魔をいっぺんに貫いたらしい。

「まだまだいるな」

槍使いは槍を引き抜くと、こちらに向かって走り出した。浄羅だった。

浄羅は半郎の横を通り過ぎ、彩音の横を通り過ぎ、路地の先に立ち塞がっている妖魔に向け、三叉の槍を伸ばした。

胸、腹、顔面を同時に刺され、敵はあっけなく落命した。

「ありがとうございます……」

姉は大きく息を吐き出しながら、荷車を頼るようにしてへたり込む。

火傷の痕が疼くのか、浄羅は自身の額を左手で掻いている。

「長老に、丘の警備に当たるよう命じられたものでな。悪いが先に行くぞ」

浄羅は額から手を放し、走り去った。


丘の南側——居住区に面した箇所には人だかりができていた。

「早く入ってくれ！」

「押すな、馬鹿野郎！」

「入れてください！　この子だけでも」

混乱状態の人々が発している声を聞く限りでは、すでに内部はいっぱいになっており、これ以上収容することは不可能らしかった。

「やっと、たどり着いたのに……」

彩音は荷車の持ち手を放し、芝生の上にしゃがみ込む。荷台が傾き、半郎の頭が少し上がった。

人が密集しているせいだろう、妖魔たちは続々と集まってきていた。正面の居住区からだけでなく、右手の用水路沿いの道や、左手の柵のほうからも現れ、人だかりを取り囲むように弧を描いている。

「丘上にも注意せよ!」

浄羅の声が轟いた。

半郎は緩慢(かんまん)に首を回し、そちらに目線を送る。丘の上にも、妖魔たちが幅を利かせていた。その中には四本腕の姿もあった。村に来る前から中級妖魔だった可能性もあるが、犠牲者の数からして、おそらくここでたらふく人を喰って昇級したのだろう。

浄羅は丘に向けて槍を構える。さすがの浄羅も、まともにやり合う以外の打開策を見つけられていないらしい。

人々が絶望しているのが、漂う空気から感じ取れた。無理もない、と半郎は思う。仮に村を捨てる覚悟を決めたとしても、こう包囲されていては、柵の外に逃げるという選択肢さえもないのだ。

全滅の可能性が、濃厚となっていた。丘の外にいる者はもちろんだが、内部にいるものでさえ、妖魔が村を占領している限り、いずれ飢え死にするほかにないのだ。

浄羅が丸薬をよこしてこないことから、いま村にはないのだと察しがつく。もちろん製造はつづけられているのだろうが、おそらく妖魔討伐作戦に赴く際、雷閃に託したのがすべてだったのだろう。

いや、待て――半郎の心に希望が生まれた。そうだ、自分はいま、丸薬を持っているのだった。

これまで雷閃を通じてしか与えられなかったため、彼のそばでないと鬼化できないと、脳が勝手に思い込んでいたらしい。

半郎は右手を動かし、甚平の袂（たもと）に触れる。青鬼化したことによってふたたび伸びていた長い髪が、するりと右腕から流れ落ちた。

巾着袋は無事に入っていた。半郎は痙攣（けいれん）する手でその口をひらき、何とか赤玉を取り出した。

しかし正直なところ、自分がどうなってしまうかはわからなかった。これほど間を置かずに呑んだことは、いまだかつてない。梅雨の時期に連日妖魔が襲撃してきたことがあったが、それでも丸一日は空けていた。

だが迷っている場合ではない。早くこれを口に含んで、這ってでもこの場から離れ、赤鬼となるのだ。力の入らない右手の上で揺れる赤玉を、口に近づけていく。

不意に腕を掴まれた。

「駄目よ、半郎。死んじゃうかもしれないじゃない」

彩音は細い眉をひそめ、叱るように言う。

女の手を振り払う力すら残されておらず、赤鬼化するにはもはや、姉を説得するしかなかった。

「僕一人が死ぬか……村の人全員が死ぬか……いまはもう……そういう……状況なんだ」

途中で息継ぎをしながらだったが、姉に伝えたいことは言葉にできた。

彩音は反論できないらしく、泣きそうな顔で半郎の横顔を見つめている。

「それに……僕は死なない。……そんな気が……するんだ」

半郎は懸命に声を絞り出し、笑ってみせた。

気持ちを切り替えるように大きく息を吐き、彩音は立ち上がる。

「終わったら、髪を切ってあげるから」

「うん」

彩音は荷車を押して人だかりから遠ざけると、半郎の腰から瓢箪を取り、水を口に含ませた。すべて半郎の指示したとおりだ。緑玉の入った巾着袋も、すでに預けてある。

妖魔たちはすぐそこまで迫っていた。

半郎は姉が離れるのを待ち、ごくりと赤玉を呑み込んだ。

慣れた感覚が全身を包み、周囲に強い風が巻き起こる。数体の低級妖魔が吹き飛び、荷車が砕け散った。

半郎は、赤鬼となっていた。

村人たちから最も近い、丘の上の妖魔に右手を伸ばす。拳はその腹を貫き、地面に突き刺さった。――大丈夫だ。戦える！

右腕を引き抜くと、丘の内部から人々の悲鳴が洩れてきた。どうやら穴を空けてしまったようだ。

いまの攻撃をかわそうとしたのか、四本腕は横に跳んでいた。その着地を待たずして、半郎は相手の上半身を摑んだ。そのまま引き寄せ、もう一方の手で腰を握ると、両腕を左右にひらいていく。

ぶち、ぶちぶち――。

脇腹が裂け、黒い体液が噴き出す。そして半郎の咆哮とともに、四本腕は真二つに千切れた。

その上半身を、手近な妖魔に投げつける。瞬間移動したかのような速さで飛んでいき、どちらも芝の上で潰れた。同様にして下半身を投げつけ、もう一体の妖魔を仕留めた。

爪で切り裂き、角で突き刺し、また踵を落とし、半郎はつぎつぎと妖魔を倒していく。金棒はないが、それでも力の差は圧倒的だった。

与兵衛さん、僕、村を守れるかもしれないよ。

気づけば足下から、村人たちの歓声が上がっていた。

問題は丸薬の効果が切れる前に、こいつらを倒しきれるかどうかだ。ふと半郎の脳内に不安が生じた。

とそのとき、遠くのほうから、男たちの雄叫び(おたけ)が聞こえてきた。そちらに首を回す。村を囲う柵の、倒壊した箇所から、武装した数十人が雪崩れ込んでくる。半郎といっしょに妖魔討伐に向かった、訓練度の高い男たちだった。

戻ってきたのか――。安堵するとともに、半郎は確信した。

人間(ぼくたち)の、勝ちだ。

＊　＊　＊

背の高い岩の脇で、雷閃は敵の攻撃をよけていた。

岸壁の洞穴を背に、一本角は絶え間なく槍を突き出す。柄は右手だけで握られているため軌道がやや不安定だが、それがかえって読みづらさを生んでいた。雷閃が斬り落とした左手の指四本は、いまだ再生していない。

草履で灰色の地面を飛び跳ねながら、雷閃は角でつくられた穂先を凝視する。穂はほんの一瞬停止すると、左側へ流れていく。

横振りがくる――雷閃は大きく跳躍して、軌道を空ける。ところがそれは見せかけだったらしく、一本角は手首を返して槍の向きを瞬時に変え、突き出した。

石突側(いしづきがわ)が迫ってくる。空中ではよけようがない。雷閃はやむなく剣をかざし、それを受けた。猛烈な勢いで、身体が後方へと飛ばされていく。

背中を強打する覚悟だったが、何かが衝撃を和らげてくれたおかげで、どこも負傷せずに済んだ。

「強いねえ、あいつ」

すぐ背後で岩持丸が言った。落下点に走ったのか、偶然彼のいたところに飛ばされたのかは不明だが、とにかく受け止めてくれたようだ。

視野の右側に入っている炎の脇では、依然として月影が四本腕と打ち合っている。凄まじい速さで両の小太刀を動かし、襲いかかる四本の腕を弾いているが、圧されはじめているようだった。やはり妖魔の体力は並ではない。

岩持丸に語りかけながら、雷閃は体勢を立て直す。一本角は岸壁を背にしてこちらを見ている。鬼火を警戒すべき距離だが、どうやらまだ撃てないらしい。いやそんなことより――。

はっと異変に気づいた雷閃は背中で岩持丸を突き飛ばし、自身も前方に跳んだ。一本角の右手に、槍がなかったのだ。

どす、と音を立てて、二人の元いた場所に槍が突き立った。

鉢金に覆われた額から、冷や汗が流れた。雷閃を吹き飛ばした直後、奴はすでにそれを投げ放っていたというのか。死角から落ちてくるように上へと。ひょっとしたら、奴はわざと岩持丸のいるほうに吹き飛ばしたのかもしれない。二人同時に仕留めるために。

『そっちの奴も逃がさんからな』

一本角は白い目で、こちらを睨みつける。岩持丸に仲間を殺され、雷閃に怪我を負わされ、業を煮やしているのだろう。

「妖魔でも熱くなるのだな」

雷閃は走り出し、背の高い岩を右側から大きく回り込む。

一本角はその動きを目で追いながら言う。

『正面から来い。臆病者め』

「ならばそうしよう」

雷閃が足を止めると、一本角はこちらに身体を正対させた。視界の右側を、岸壁が埋めている。その一部には妖魔の巣穴らしき洞穴が暗闇をつくっており、敵はいまちょうどその脇にいる。

一本角はこちらに向かって突進するや、右腕を突き出した。雷閃は後ろに跳んでそれをかわす。こんどは頭上から左足が落とされる。さらに後退して回避すると、目の前の地面に足形が刻まれた。

その脛を斬りつけながら、雷閃は岸壁側に回り込む。敵は浴びせた太刀に動じることなく、雷閃目がけて右の爪を振る。軌道を見切り、瞬時に屈むと、頭上で壁が削られた。

雷閃は岸壁沿いを走り出した。追ってくる一本角の気配を背に感じながら、全力で脚を回転させる。そしてそのまま、岸壁を登りはじめた。垂直というわけではないが、やはり傾斜はきつい。雷閃はみるみる失速していく。脚が止まる寸前、左手で脇差を抜き、壁に突き刺した。それを胸に引き寄せながら、両足を上げる。柄を軸にして、身体をくるりと回したとき、敵が振る爪の風圧を感じた。

真横に刺さった脇差の上に、雷閃は立っていた。仮に思い切り跳び上がったとしても、頂上にはとても届かない高さだ。真下にはちょうど洞穴がある。

『上を取ったつもりか？　人間』

呆れたように言いながら、一本角は歩み寄ってくる。勝利を確信したらしく、余裕が感じられた。現在その顔は水平より下に見えている。

皮肉を返してやりたかったが、息が切れていた。やはり肺が一つしかないのは戦いに響く。岸壁に左手をつき、右手で刀を構える。この位置関係なら、蹴りを警戒する必要はない。親指だけの左手も、きっと伸ばしてはこないだろう。注視すべきは右手だ。

『終わりだ』

こちらを見上げ、小さく嗤(わら)いながら、敵はやはり右手を突き上げてきた。

雷閃は柄を蹴って上昇する。一本角の手が草履をかすめ、岸壁に突き刺さった。そのとき――。

べき、という破砕音が聞こえ、一本角の両目が見ひらかれた。

でかしたぞ、岩持丸。先刻合流した際、雷閃は彼に指示していたのだった。雷閃が引きつけているあいだに逆方向から回り込み、巣穴に潜んで機を待てと。おそらくいま岩持丸は、敵の足に金棒を振り下ろしたのだろう。

雷閃は空中で、背に回していた笠を投げた。笠が互いの視線を遮断した瞬間、背後の壁を蹴る。急降下しながら腰を回し、刀を振りかぶった。「溜め」は充分だ。

お前の負けだ、一本角。

渾身(こんしん)の力を宿した剣が、眼前に一文字を描く。

ところが、手応えはなかった。両断された笠の向こうに、一本角の頭部はなかった。雷閃は落下し、地面を転がると、背の高いあの岩に激突した。

巣穴の前に、一本角は横ざまになって倒れていた。どうやら敵は、自ら倒れることで、雷閃の剣をかわしたようだ。それだけではない。すでに一本角は、負傷しなかったほうの足を、穴のすぐ外に立つ岩持丸目がけて振っている。

岩持丸は弾き飛ばされ、背中を強打すると、どこまでも地面を滑っていく。蹴りは金棒で受けていたから、命を落とすことはないだろうが、もう戦うことはできないに違いない。

一本角はうつ伏せになると、地に両手をつき、顔を上げる。

『人間らしく、卑劣な手を使ってくれたな』

低い声だが、怒りがありありと窺えた。

全身を包む痛みと息苦しさに襲われながらも、雷閃は立ち上がる。岩の助けを借り、何とかそれを果たした。

一本角も立ち上がりつつあるが、明らかに左足を庇(かば)っている。見ればそちら側の足の甲が、すり鉢状に陥没していた。

「ぐあ！」

不意に悲鳴が聞こえ、雷閃は炎のほうに首を回した。その脇で月影と四本腕がもみ合っており、すでに四本腕は月影の首筋に嚙みついていた。

助けに行きたいが、それができる状態でも距離でもなかった。

「私はここまで。あとは頼みましたぞ、雷閃殿ー！」

月影は後方に跳ぶように倒れ、敵もろとも炎の中に呑まれていった。二本の腕に両腕を摑まれ、残りの腕二本で背を刺されてなお、相手を道連れにしたのだった。

月影、お前の最期は立派だった。

雷閃は正面に目を戻す。一本角は立ち上がっていた。

『ここからは一騎打ちだ』

いいだろう、と応え、雷閃は小さく鼻を鳴らした。

「お前の呼び名を〝角なし〟にしてやる」

岩から左手を放し、刀の柄に移す。

一本角は片足を引きずりながら接近してくると、右手を斜めに振り下ろした。雷閃は身を傾けてよける。間髪入れず、敵はつぎつぎに攻撃を繰り出す。雷閃は岩を回るように後退しながらかわしていく。

鬼火を撃ってくることもなく、左手の指も再生していないところを見て、やはり、と雷閃は確信した。一本角は、本来の力を失っている。過去にやり合ったときは、指くらいなら半時もあれば再生していた。

原因は、餓えに違いない。

半郎が戦力に加わってから、村の防衛力は格段に増し、犠牲者は激減した。妖魔からすれば食料が不足するわけだから、能力が発揮できなくなるのは当然だ。おそらくいま、妖魔全体が健康状態ではないのだろう。

ただし、かつて闘ったときと同等の力が発揮できていないのは、雷閃も同じだった。

破裂しそうな肺は、身体に酸素を行き届かせることができず、四肢が思うように動いてくれない。もはや体力は、底を突こうとしていた。敵の攻撃の軌道を見切っていてもかわしきることができず、羽織は破れ、皮膚は切り裂かれた。隙を衝いて剣を振っても、深手を負わせられるような代物ではなかった。

敵の爪が真っ直ぐに、雷閃の頭部に迫ってくる。額の鉢金が弾け飛んだ。

＊　＊　＊

一本角の爪に切り裂かれる雷閃の姿が見え、半郎は飛び起きた。

わ、と驚く彩音の声が聞こえたことで、ここは家の布団なのだなと察した。

身体中を鈍痛と倦怠感が包んでおり、半郎は思わず顔を歪めた。

「駄目よ、半郎。まだ寝てなくちゃ」

彩音は駆け寄ってきて、布団の隣に両膝をつく。

「あれから、どうなったの？」

視界を邪魔する髪を手でどけながら訊いた。

姉の話によれば、いまはあの戦いから三時ほどたった明け方で、襲撃してきた妖魔は半郎と村人の手によって、殲滅されたとみられているらしい。戦いが終わった直後、半郎は例のごとく気絶したのだそうだ。

「雷閃殿と、岩持丸殿は？」

前のめりになって訊ねると、彩音は畳に目を落とした。

「まだ、帰ってないみたい……」

「助けに行かなくちゃ！」

半郎は掛け布団を払いのけて立ち上がる。身体の、動かした部分の痛みが明確さを持った。

「うう……」

と思わず洩らし、片膝をつく。

「無理しちゃ駄目よ。しばらく休むようにと、静庵様がおっしゃってたわ」

静庵とは、半郎が幼少期から診てもらっている、村一番の医師だ。目が細く、いつも笑っているように見える老人である。

「そんな言いつけ、聞いてられないよ……」

半郎は強引に立ち上がった。痛みそのものに慣れてきていた。

「丸薬を返して」

彩音を見下ろし、片手を差し出す。姉ははっと顔を上げ、眉根を寄せる。

「嫌よ。せっかく生きて人間に戻れたんだから」

「きちんと寝たから、もう大丈夫だよ」

確証などまるでないが、姉を安心させてやりたかった。

「どうしてわかるのよ」

「じゃあ姉上は、雷閃殿がどうなってもいいって言うの？」

「そうじゃない。――でも、半郎が妖魔になっちゃうよりはましよ！」

「僕が、妖魔に……？」

「……このままじゃ、半郎はいつか人に戻れなくなる」

彩音は大きく息を吐き出すと、悲痛な表情を浮かべ、半郎の頭上を指さした。

「角が、なくなってないの」

半郎は右手を頭にやった。手で覆えるほどの大きさだが、確かに円錐状の硬いものが二本ある。連続して丸薬を呑んだことによる副作用だろうか。しかしどうであれ、角が生えるくらい何だというのだ。

「わたしは、半郎と穏やかに暮らしたい」

彩音は懇願するような目で、半郎を見つめる。

「僕だってそうだよ。だけど安心して暮らすためには、もう少しだけ戦わなくちゃならないんだ。僕が丸薬を呑まなくていい世の中にできるかどうかは、いまに懸かってるんだよ」

半郎は焦りを抑え込み、語気を強めてしまわないよう心がけて言った。

姉は疲れたような苦笑を浮かべると、右腕を差し伸べてきた。

「自分で取って。渡したら、わたしが許したことになっちゃうから」

その袂に手を突っ込み、半郎は巾着袋を取り出した。

「ありがとう」

彩音はうなだれてしまった。

土間に下りて草履を履き、引き戸を滑らせる。「行ってきます」と呟くように言ったあと、恐る恐る振り返ってみた。

意外にも、姉はこちらに笑顔を向けていた。

「今度こそ、髪を切ってあげるから」

「うん」

笑顔を返し、戸を閉めた。

家の前の道を走り出そうとしたとき、胸が絞めつけられた。与兵衛のものであろう血痕を見てしまったからだ。彩音か、ほかの誰かが埋葬してくれたのかもしれない。あとで場所を聞いて、礼を言いに行こうと思った。

夜は明けきっておらず、空の青はまだ深かった。半郎はまず、浄羅を捜すことにした。望みは薄いが、もしも青玉を入手できれば、何よりも速く移動できる。

丘を目指して、半郎は駆け出した。やはり身体のあちこちが痛むが、耐えられないほどのものではない。

居住区のあちこちで、遺体を手厚く回収する人の姿が見られた。どの遺体にも妖魔に齧(かじ)られた形跡があり、自然死の場合ように綺麗な状態ではなかった。運んでいる人々は沈痛な面持ちで、あるいは涙を流しながら、死者に語りかけていた。

いったい昨夜だけで、いくつの悲しみが生まれたのだろうか。

予測したとおりの場所に、浄羅はいた。丘の上から村を見渡し、指示を出しているようだった。

斜面を駆け上り、近づいていく。浄羅はこちらに気づいて顔を向けた。

「半郎、夕べは助けられたな。礼を言う」

「いえ」

足を止め、首を横に振った。浄羅は半郎の頭に、おそらく角に目をやったが、そのことに触れてはこなかった。

「それより、雷閃殿に増援は送ったのですか？」

「いや。あやつが敗北しているとは限らん」

「でも――」

「聞け、半郎。村はいまこの有様だ。昨夜の襲撃で、我が村は三割の人々を失った。柵も直ちに復旧せねばならん。何より、まだ妖魔がどこぞに隠れているやもしれんのだ。戦力を割くわけにはいかん」

半郎は反論できなかった。たしかにいま、村の中に妖魔が一匹もいないとは言い切れないのだ。

「では、青玉をたまわることはできませんか。僕が行ってきます」

浄羅は額にある火傷の痕を掻く。

「残念ながら、現在は赤玉さえ出来上がっておらん。じきに製造されると思うが……すまんな」

「……わかりました」

半郎が引き下がると、浄羅は北東に向かって、木材を運ぶ位置についての指示を飛ばした。

丘を駆け下り、広場を抜け、門の東側にある厩舎に向かった。

厩舎には、ぜんぶで十頭の家畜がいる。馬が二頭で、残りは牛だ。

端にある馬房から馬を外へ出そうとしていると、ひ、と息を呑む音が聞こえた。

「妖魔！」

半郎を見て叫んだのは、馬の世話係を任されている馬彦（まひこ）という男だった。

「違うよ。人間だよ」

半郎が声を尖らせて言うと、馬彦は安堵のため息を洩らした。

「ああ、なんだ、半郎か」

「馬を借りるよ」

「村の許可は？」

馬は貴重であるため、本来であれば、村外に出すには長老の許可が必要だった。しかし――。

「そんなものはない。掟（おきて）なんて、村が元気なときだけ守ればいいものだ。こんなときに許可だなんて、馬鹿じゃないの？」

「そこまで言わなくても……」

「どうした？」

別の男の声がした。半郎たちの声を聞きつけたのかもしれない。厩舎に入ってきたのは、顔の下半分に髭を生やした、逞しい身体つきの男だった。木槌（きづち）を担いでいるところを見ると、どうやら破られた柵の修繕作業に加わっていたようだ。たしか昨日の妖魔討伐作戦にも参加していたはずだ。名は木左衛門（もくざえもん）といったか。

「雷閃殿に助太刀しに行くんだ。きっとまだ戦ってる。――勘だけど」

「そうか」

木左衛門は目をそらし、髭を撫でながらひと間黙考した後、ふたたび半郎の目を見た。

「村を守るために戻ってきたことになってるが、あのとき俺たちは逃げ出したんだ。一本角の鬼火を見てすっかり怯えちまってな。いまさら戻ったところで、雷閃に合わす顔はねえが、協力させてくれ」

「ありがとう。できれば二頭で向かいたいんだ。戻るときのために、一頭には荷車を引かせる。雷閃殿はたぶん――」

大怪我をしているから、と言いかけたが、半郎は願いを込めて、言葉を替えた。

「疲れてると思うから」

「よおし、わかった」

木左衛門は木槌を下ろすと、隣の馬房にいる馬の手綱（たづな）を摑んだ。

「ところで半郎、お前、馬は駆れるのか？」

「わからないよ」

乗馬の経験はないが、何とかなるだろうと考えていた。しかしこうして訊かれてみると、少し不安になってくるのだった。

「よし、俺が駆る。お前は後ろに乗れ」

木左衛門は半郎の前の馬を顎でしゃくると、手にしていた手綱を馬彦に握らせる。

「馬車のほうは任せたぞ」

「おい、いつ俺も行くことになったんだ」

馬彦は目を丸くして、木左衛門と半郎の顔を交互に見る。

「長老に咎められたらどうするんだよ」

すでに馬の背に乗っている木左衛門に手を引いてもらい、半郎はその後ろに跨った。いまなら門を開けなくても、柵の壊された箇所から出られるだろう。

「いつまで喋ってるんだよ！　牛みたいにのろまだな！」

「そこまで言わなくても……」

馬が鼻を鳴らした。

＊　＊　＊

背の高い岩を背に、雷閃は一本角を見つめていた。

肺は激痛を訴えており、喉を空気が通過するたびに、笛のような音がした。四肢は感覚を失いつつあり、傷だらけの上半身は、赤い部分のほうが多くを占めている。刀の切っ先を地につかなければ、立っていられないほどに消耗していた。

空は夜の色ではなくなっているが、朝ともいえない色をしている。雷閃の生命力を表すかのように、月影を呑み込んだ炎は小さくなっていた。

『勝負あったな、雷閃』

弱い風に揺れる髪の向こうで、一本角は言った。片足を引きずりながら間合いに入ってくると、右腕を引く。

もはやかわすことが不可能であることは承知していた。

雷閃は無理に刀を持ち上げ、中段に構える。杖を失くしたことで身体はよろめいたが、何とか足を踏ん張って持ち堪えた。

鋭い爪を持つ敵の右手が、真正面から接近してくる。

鼓膜の中に反響する己の息遣いを聞きながら、雷閃は目を閉じた。

俺が剣を持っているのではない。俺は、剣の一部なのだ。斬れぬものなどない。

かっと目を開け、峰の切っ先付近に左の掌を移す。

眼前に迫った中指の爪を、刃が右側に弾く。

中指の爪が右頬を、薬指の爪が左肩をかすめた。

直後、刃はそのあいだの水かきに接触し、

――裂けろ。

左右に分かれた敵の右拳が、雷閃の両脇を流れていく。黒い体液を全身に浴びながら、雷閃は静止していた。

手首まで拳を切り裂かれた一本角は、絶叫しながらその手を引いた。

これで、両手と片足は使えまい。雷閃はふたたび地面に剣を突き立てた。肉体はすでに限界を超えているらしく、視界までもが陰っていく。

『こうなれば、串刺しにしてくれる!』

憤怒の声で宣言すると、一本角は顎を引き、その角をこちらに向ける。顔の角度は変わったものの、怨念に満ちた白い両目は、雷閃に据えられたままだ。

一本角は無傷の片足で力強く地面を蹴り、雷閃に向かって直線的に跳んだ。

尖った先端をこちらに向けた角が、みるみる巨大化していく。そして――。

雷閃の胸部を貫いた。

口から血が噴き出し、右手から刀が離れた。雷閃が対処できたのは、わずかに急所をずらすことだけだった。

また、同じところを……。だが、それでいい。

雷閃が望んだとおり、角は背にしていた岩にまで食い込んでいるようだった。雷閃を磔にした一本角も、しばらくはここを動けまい。

『ふん、これじゃあお前を喰うこともできねえな』

地面に顔を向けながら、一本角は言う。雷閃に勝利したからか、怒りはだいぶ収まったようだ。

『まあいい。手が再生したら角を抜き、とどめを刺してやる。まあそれまでお前が生きているとも思えんがな』

一本角の言うとおり、自分はここで死ぬのだろう。

だが、半郎さえ生きていれば、きっと村は守られる。

太陽が顔を出したらしく、朝陽があたりを照らし出した。

意識が途切れる間際、雷閃は頭の中で、平和で美しい村の風景を見ていた。

* * *

山岳地帯に入った頃には、空は明るくなっていた。

木左衛門が操る馬の足は速く、地を這う妖魔についていくのとは段違いだった。かなり遅れてはいるが、馬彦もついてきているようだ。

そろそろだ、と半郎が警戒心を強めたとき、視野の右側に人が倒れているのに気がついた。

「止めて！」

木左衛門は指示どおり、手綱を引いて馬を止める。

まだ前足二本を浮かせている馬から飛び降りると、半郎は慌ててそこに駆け寄る。

岩持丸だった。金棒を握ったまま、灰色の地面に仰向けになって倒れている。金棒には黒い体液が付着しており、額には大きなこぶができていた。幸い、呼吸はしているようだ。足の向いたほうには地面が一直線に擦れた跡があり、かなりの距離を滑ってきたのだと推測できた。

「岩持丸じゃねえか……」

険しい顔で、木左衛門は彼を見下ろす。

「うん。でも命に危険はないみたいだ」

木の車輪と蹄(ひづめ)を鳴らし、馬車が近づいてきた。馬彦が追いついたようだ。

「僕たちが戻るまで、岩持丸殿を頼むよ」

馬彦に告げ、半郎はふたたび馬に飛び乗る。

「木左衛門さん、行こう」

「おい！　ちっとは説明しろよ。――あ、岩持丸。大丈夫か？」

すでに馬彦の声は遠ざかりはじめていた。

木左衛門の背中に摑まりながら、半郎は声を張り上げる。

「迂回(うかい)して、一本角が鬼火を撃ってきた崖の上を目指そう！」

戦況はまるでわからない。何より赤玉がないいま、正面から突っ込んでいくのは危険すぎた。

「わかった！」

馬の揺れが激しくなった。


岸壁の上から、半郎は顔を覗かせた。

あの石碑のような岩に、雷閃が礫になっている。そのすぐ前で、一本角が頭突きをしたような体勢でいることから、角で胸を貫かれたのだと察しがついた。距離が遠いため、細かな状況は把握できない。

「どうするんだ」

声をひそめ、隣で木左衛門が訊く。

いますぐ崖を駆け下りたい気持ちを抑え、半郎は懸命に思考を働かせる。突き刺したはずの一本角が大きく動いていないということは、おそらく角が岩にまで突き刺さって抜けないのだろう。どうあれ、一撃で決めるしかない。この手には緑玉しかないのだ。

「離れて」

小声を木左衛門に投げると、懐から巾着袋を取り出した。

緑玉を口に含み、瓢箪の水で呑み込む。

全身から湯気が発せられ、半郎は緑鬼に変化した。その途中で激痛をおぼえたのは、やはり必要な間隔を空けずに服用したからだろう。

頭から二本の角は伸びるが、青鬼化したときと同様、身体はそれほど大きくはならない。人間としては大柄な木左衛門と、それほど変わらない上背である。緑鬼となったとき、最も特徴的なのは右腕だった。前腕は上腕より太く、本来手があるべき箇所には、蛇のような顔がついている。半郎たちはこれを、〝蛇顔〟と呼んでいた。

敵に気配を気取られないよう、ふたたび崖下を見下ろす。まだ状況に大きな変化はなかった。半郎は髪で左目を隠し、岩付近を凝視する。まるで近づいたように、その部分が視野の中で拡大される。

雷閃の横顔は血の気が感じられない色をしており、目は開いているが黒目が確認できない。しかし胸部は微かに動いているため、まだ絶命してはいないようだ。一本角は両肘と片方の膝をついて、地面を睨んでいる。

一刻を争う状況だが、これでは雷閃まで巻き込んでしまう危険性がある。

『ようやく再生されたぞ、雷閃！』

一本角の声がこだました。背後で木左衛門が情けない声を洩らす。

一本角は片手を地面に、もう一方を岩の上のほうにやり、それらを突き放すように腕を伸ばしていく。やがて、岩と雷閃の胸部から、角が引き抜かれた。

釘を失った雷閃の身体が、地面に落ちる。雷閃は膝をつき、前向きに倒れた。

一本角は立ち上がり、片手を大きく振り上げる。

いまだ――半郎は蛇顔を一本角に向け、前腕に左手を添えた。蛇顔がぱっくりと口を開け、その中に青白い火が発生する。それは瞬く間に増大し、球体となって回転を始めた。

『とどめだ、雷閃！』

標的が、爪を振り下ろす。雷閃はうつ伏せになったまま動かない。

半郎は狙いを定め、心の中で唱えた。

――鬼火。

蛇顔から放たれた青白い炎は一直線に伸びていき、一本角に到達した瞬間、その全身を包んだ。

敵は妖魔らしい叫び声を上げ、苦しみに耐えるように身を硬直させる。静かに燃える鬼火は、紫色の皮膚を焦がし、肉を焼き、骨を溶かしていく。

蛇顔の口を閉じ、左目にかかった髪をどけると、半郎は崖を滑り降りる。

《雷閃殿！》

その声はやはり、妖魔のそれでしかなかった。

雷閃を仰向けにさせ、抱き起こす。思っていたとおり、胸部からの出血がひどい。

半郎は無意識に、一本角を睨みつけていた。青白い炎に輪郭を縁取られたその身体は痩せ細っていて、敵は明らかに実体を失いかけていた。

『お前らあ！』

消滅寸前の顔を天に向け、一本角は叫んだ。最期に半郎や雷閃をはじめとする人間に対して、恨みの言葉を吐くのかと思ったが、違った。

『腹いっぱい、喰えたか？』

　意外なことに、敵が口にしたのは、おそらく村を襲撃した手下たちを慮る言葉だった。もしかしたら一本角は、村の戦力を一手に引き受け、そのあいだに手下たちに食事をさせるつもりだったのかもしれない。

　敵の肉体を焼き尽くした鬼火は収まっていき、ふっと消える。そこには一本の角だけが残った。

　半郎は雷閃の胸の傷に目を移し、焦燥する。

　これでは村に着くまではきっともたない。どうにかして出血を止めなければ。医師はいないし、もぐさをつくって当てたとしても、とても止められる勢いではない。

　半郎ははっとして、蛇顔に視線をやった。火力を制御すれば、やれるかもしれない。いや、もはやそれしか手立てはない。

　蛇顔の口を開け、鬼火を出現させる。肥大しようとする炎を、口を閉じていくことで抑え込む。う、と半郎は顔を歪めた。蛇顔の口内が焼かれる感覚をおぼえたのだ。

　痛みを堪えながら、半びらきの口から洩れ出る火で、雷閃の傷口を焼いていく。煙とともに、肉の焦げる匂いが立ち昇る。

　蛇顔の口を押し開けようとする鬼火を抑え込み、背中側の止血にとりかかった。とうとう蛇顔の口からも煙が出はじめ、右腕そのものが膨らんでいく。そして——。

　鬼火は暴発した。しかしその寸前、半郎は蛇顔を上に向けていた。その反動で、身体は後ろ向きに倒れ、まもなく全身から湯気が発せられた。天に向かって伸びていく青白い炎を追うように、湯気が昇っていく。

　早くも鬼化は解けてしまった。原因は鬼火の連続使用か、丸薬の乱用か、おそらく両方だろう。

空を映す半郎の視界が陰り、狭(せば)まっていく。

「おい、大丈夫か！　二人とも」

ようやく木左衛門が近づいてきた。馬を連れては、岸壁を下りることができなかったのだろう。

ほどなくして、馬車の音が聞こえてきた。図らずも、空に撃った鬼火が、馬彦にこちらの位置を示したようだ。

ごろりと頭が回り、半郎は自動的に横を向いた。意識が途絶える直前に見えたのは、雷閃の背中だった。血は止まっているようだった。

第四章

朝陽を受ける土の上に、半郎は鍬を振り下ろす。

ざく、と音を立てて鍬平（くわびら）が突き刺さり、持ち上げるように柄を引くと、乾いて薄茶色になっていた土は、濃い茶色に変わった。

色の濃い部分は、まだ畑の半分にも達していない。戦いしか知らなかった半郎には勝手がわからず、我ながら要領が悪いのだろうなと気づいていた。しかし戦いしか知らなかった半郎だからこそ、この作業が前向きで生産的なものに思えた。

あの戦いから十日経ったとき、正式に与兵衛の畑を受け継いだのだった。

与兵衛は喜んで、上から見守ってくれているような気がしていた。農作業の正しい方法について問いかけても、無論応えてはくれないが、半郎を見下ろす与兵衛の顔を想像すると心強かった。

振り上げた鍬の柄がかつんと角に当たり、半郎はびくりと動きを止めた。頭から生えていた二本の角は、鬼化が解けたあとも、消えも縮みもしなかった。髪は長く、爪は伸び、地面に映る己の影は、人というよりも妖魔のそれに近かった。

髪も爪も、半郎が意識を取り戻したとき、彩音が切ってくれたのだが、半日もすると元どおりの長さに戻ってしまった。また切ってもらっても、やはり半日で戻ってしまい、いまはもうきりがないのでほったらかしにしている。

半郎の肉体は、着実に妖魔に近づいていた。しかし、妖魔との戦いが終結したといえる現在、丸薬を呑む必要は事実上なくなっていた。鬼化しなければ、これ以上進行することはないだろう。もしもずっとこのままだったとしても、村を救う代償にしては安いものだった。

「よく働くねえ」

後ろから岩持丸の声がした。彼は水車の横に座り、水路の水に両足を浸している。暇だから来たと言っていたが、決して手伝おうとはしてくれなかった。

「楽しいからね」

半郎は振り返って声を投げると、ふたたび畑を耕しはじめた。

しばらくすると、また鍬の柄が角を打った。髪や爪には我慢できたが、さすがに角は邪魔だった。鋸で切ってしまおうかと思ったこともあったのだが、いまだに手を出していない。

傷が癒えたら斬ってやると、雷閃が約束してくれたからだ。

また元どおりに動くようになるとは限らないが、命を落とすことはない。雷閃の容態について、そう医師の静庵は言っていた。すぐに止血をしたのが生死を分けたとも。

丸三日眠っていた半郎よりも長く、雷閃は目を醒まさなかった。静庵から雷閃の意識が戻ったと告げられ、半郎は嬉しさのあまりすぐに静庵の屋敷に駆けつけた。

——角が、伸びたな——

血色の悪い顔に、雷閃は笑みを浮かべた。

——はい。邪魔で仕方ありません——

枕の横から相手の顔を覗き込み、半郎は笑って応えた。

——治ったら……俺が斬ってやろう——

そう言って、雷閃はふたたび眠りに落ちた。

一本角打倒の事実は、その日のうちに村中に知れ渡ったらしい。木左衛門と馬彦が長老に報告し、その後長老が村人を広場に集め、説明したのだそうだ。あの襲撃によって家族を失った者でさえ、大いに沸き立ったのだという。木左衛門と馬彦は、掟破りを咎められることもなく、村から褒美をもらったと話していた。

ちなみに岩持丸は米俵をもらったらしい。半郎も目を醒ましてから、何か望むものはないかと浄羅に訊かれ、与兵衛の畑を継ぎたいと答えた。

村人たちは半郎を英雄視した。誰もが半郎に対して敬う言葉遣いをし、前を通るだけで、崇めるように土下座をしてくる者さえいた。頼むから前と同じように接してくれと伝えてから、徐々に戻りつつはあるのだが。

大きく息をついて、鍬を握る手を休めると、半郎は手ぬぐいで額の汗を拭いた。

まだ畑の半分も耕せていない。しかし、ここに自分の育てた野菜がいっぱい実るのだと思うと、胸が弾んだ。

＊　＊　＊

畳の上に座り、彩音は機を織っていた。

亡くなった母が残した機織り機は、ぱたん、ぱたん、と気持ちのいい音を立てている。

いつか半郎が野菜を収穫したら、自分が織った着物とどちらが売れるか、市場で競ってみるのも面白いかもしれない。

　そんな、ささやかな夢が現実味を持っていることに幸せを感じていた。

　振り返れば、悲しい思い出ばかりの人生だった。彩音が六歳のとき、母の琴音は半郎を生んだ直後に死んでしまった。妊娠中から体調が悪そうだったが、まさか自分の元から母親がいなくなってしまうなどとは思いもしなかった。さらにそのあとを追うかのような時期に、父の十郎は妖魔に殺されてしまった。遺体は柵の外で見つかったらしく、骨以外はほとんど喰われてしまっていたのだそうだ。子どもたちに寒い思いをさせないよう、薪を取りに外に出たのではないかと、発見者は話していた。孤児になった彩音と半郎を、村は惜しみなく援助してくれた。おかげで餓えに苦しむことはなかったが、それを妬んだ者から「ただ飯喰らい」と罵られ、ときには石を投げられたこともあった。激しい苦痛を伴うにもかかわらず、半郎が素直に自らを実験体として提供したのは、村に恩返しをするためだけではなく、そういった悪意を弾き返すためでもあったはずだ。じっさい半郎が妖魔と戦うようになってから、浴びせられていた罵声はぱったりと鳴りを潜めた。そのかわりに、弟はぼろぼろになってしまったが。

　しかし、もう戦う必要はなくなった。きっと二人の未来には、たくさんの楽しいことが待っている。

　がらがらと引き戸が鳴り、まもなく元気な声が聞こえてきた。

「ただいま」

　機織り機から手を放し、彩音は振り返る。

「おかえり」

鍬を担いだ半郎は、泥だらけだった。しかし、彩音は嬉しかった。もう弟が連れ返ってくる汚れは、妖魔の返り血ではなくなったのだ。

「大変そうだね、畑仕事」

言いながら近づいていき、彩音は土間に下りる。

「うん、でも楽しいよ」

二人で晩御飯の準備にとりかかった。彩音は水瓶（みずがめ）を傾けて、釜に水を入れる。半郎は屈み込み、竈（かまど）に薪を足していく。邪魔そうに顔の前の髪を払っているので、彩音は提案してみた。

「後ろで結わいてみたら？」

切っても伸びてしまうのなら、それしかない。

「いいよ」

半郎は面倒くさそうに鼻を鳴らす。

「雷閃様みたいになれるかも」

弟はぴたりと動きを止め、ひと間静止したあと、不意に彩音を見上げた。

「じゃあやってみて」

彩音は紐（ひも）を取ってきて、半郎の髪を束ねた。

「見てみれば？」

彩音が示した水瓶を覗き込み、半郎は嬉しそうに笑った。

「これはいいかも」

「ね」

立派な角はどうにもしてやれないが、たとえ半郎がどんな姿になろうとも、彩音にとっては可愛い弟だ。

＊　＊　＊

丘の上から見渡す村の様子は、平和そのものだった。

柵の破られた箇所の修繕は終わっているが、もはや柵を取り払ってもいいのではないかという意見が上がるほどだった。

真上から射す日光を浴びながら、半郎はおにぎりを食べていた。昼飯にと、朝、彩音が持たせてくれたものだ。畑仕事の合間に、緑の芝の上でとる昼食は格別だ。

風車を持った女の子が、丘に登ってきた。相手は半郎を見て立ち止まると、両目を大きく見ひらいた。半郎が助けた、お河童頭のあの子だった。

女の子は半郎に駆け寄ってくると、肩に摑まってきた。あのときの青鬼が、いまここにいる半郎だということに気づいているのだろうか。

「食べる？」

半郎は竹の皮に載っている、もう一つのおにぎりを差し出す。

「うん」

女の子は半郎の隣にちょこんと座り、風車を大切そうに膝の上に置くと、両手でおにぎりを持ち上げた。

母親を亡くした哀しみを乗り越えられたのか、それともまだ理解できていないのか、態度から暗いものは窺えないが、いずれにしても、いつか畑で野菜が採れたら届けに行ってあげよう。与兵衛が半郎たちにしてくれたように。

「そういえば、この中どうだった？」

下を指さして訊いてみた。けっきょく半郎は避難壕には入らなかったから、気になっていたのだった。

しかし女の子は質問を聞いていなかったらしく、関係ないことを言った。

「つの」

「はは。そうなんだ。こんど斬ってもらうんだけどさ」

雷閃は意識を取り戻していたが、まだ剣を振れる状態ではなかった。

「あっとー」

おにぎりを食べ終え、女の子は立ち上がる。たぶん「ありがとう」と言ったのだろう。

「うん。またね」

「うん」

女の子は風に向かって走っていく。風車がよく回っていた。

瓢箪の水を呑み、半郎も立ち上がった。畑は西側にあるが、南側に下りていく。さっきあんなことを言ったものだから、壕の中を見てみたくなってしまったのだ。

斜面に嵌(は)まった、大きな扉の前に着いた。しかしその内側には閂(かんぬき)がかけられているらしく、開かなかった。

一つ息をつき、畑に戻ろうとしたとき、そういえば、と半郎は思い出した。あの夜赤鬼となった半郎は丘の上に拳を振り下ろし、穴を空けたではないか。あれはどうなったのだろう。

ふたたび丘を登った。記憶を頼りに歩いていくと、やや東側のなだらかな斜面に、柵で囲われている箇所があった。背の低い柵には「危険　立ち入りを禁ず」と記された札が貼ってある。周囲を見回し、半郎は柵を飛び越えた。疚しさもあったが、好奇心に勝てなかったのだ。敷いてあった茣蓙をめくってみると、やはりぽっかりと穴が空いていた。突き当りの様子までは確認できないが、あのときここから村人たちの声が洩れ出てきたことから、貫通していると見て間違いなさそうだ。

半郎は穴の左右にそれぞれの手をつき、暗闇に両足を垂らす。意を決して両手を放した。身体はひとりでに、暗い管の中を滑り落ちていく。やがて、不意にいっさいの抵抗がなくなり、まもなく半郎の身体は地面に激突した。足から落ちたからだろう、転倒はしたが怪我はしなかった。

穴から射す陽の光によって、空洞内の様子はだいたい把握できた。丘の形状に倣って地面は楕円形をしていて、たしかに村人全員が入ることはできないであろう広さだ。地面には板が敷き詰められていて、床といえる状態になっているのは意外だった。

こうまでして入る価値はなかったな、と半郎は苦笑した。扉から外へ出ようと、内壁伝いに進む。両びらきの扉には、やはり閂がかけられていた。これを開ければ出られるだろうが、外から閂を戻すのは不可能だから、外した事実はいずれ露見してしまうに違いない。無断で立ち入ったことが知れたら、咎められてしまうだろうか。いやそんなことより――。

これをかけた者は、どうやってここから出たというのだ。

不気味な謎を抱えたまま、半郎はあらためて内部を見回す。

西側の壁際に、穴から射し込む光が届いていない箇所があることに気がついた。恐る恐る、そちらに進んでいく。

殺風景な空間に、ひっそりと建つ祠があった。

石でできた台座の上には、三本の角が祀られている。両側にある二本は湾曲していて、真ん中にある一本は直線的な形状だ。台座の周り四か所には木柱が立っており、それぞれをたわんだ縄が結んでいる。正面の縄には紙垂が四枚下がっていた。

ひょっとしたら、風車の女の子はこの角のことを言っていたのかもしれない。

半郎はなかば無意識に、台座に近づき角に手を伸ばしていた。右手の指先が、真ん中の角に触れた。その瞬間――。

雷に打たれたような衝撃が走り、視界が白い光で埋め尽くされた。

眩しさのあまり、半郎は思わず目を閉じた。ところが眩しさは減衰せず、試しにふたたび目を開ける。光は収まっていた。しかし目に映っているのは祠ではなく、まったく別の風景だった。

知りようもない〝誰か〟は、村に向かって歩いている。視点の高さからして人ではないようだ。半郎が赤鬼化したときよりはずいぶん低いが、村一番の大男である岩持丸でもこの視野は得られないだろう。

柵に囲われた村の門が、徐々に迫ってくる。陽の射し方からすると、昼くらいだろうか。

「鬼だ！　鬼が攻めてきたぞ！」

物見櫓で見張りをしていたらしき村人が叫んだ。どうやらこの〝誰か〟は鬼だったらしい。

「どうして、雨の夜でもないのに。しかも一匹だけで……」

村人の隣にいる別の男が言った。

「うろたえていないで早く矢を放て！」

物見櫓だけでなく、左右の見張り台にも射手が現れた。鬼に向かって、無数の矢が殺到する。

しかし鬼は、前方にいくつもの鬼火を同時に発生させ、自身の身体に到達する前に、すべての矢を焼き壊した。

「ば、化け物！」

こんなふうに鬼火を操れるなんて、強さの桁が違う——半郎は驚愕した。

柵の向こう側に、村人たちが集まってきている。

鬼は門の前で歩を止めた。

『落ち着け。私は戦いに来たのではない』

右手を伸ばし、櫓に掌を向ける。腕の色からすると、この鬼は黒い身体をしているようだ。

矢による攻撃が効かないことを痛感させられたからだろう、櫓にいる男たちは一様に、成す術もなく戸惑っている。

やがて最も門に近い物見櫓に、新顔が現れた。元々いた男たちが恭しく場所を空けたことから察するに、どうやら位の高い人物であるらしい。いやそれ以前に、自分はこの男をよく知っている。いまと違って額に火傷の痕もなく、髪も眉毛も生やしているが、間違いない。浄羅だ。

「どういうつもりだ、〝三本角〟」

浄羅は言った。この鬼は三本の角を持っているようだ。

『無礼な呼び名は慎め。我が名は「キオウ」である』

キオウは「鬼王」ということだろうか。

ふん、と浄羅は鼻を鳴らす。

「よかろう。——では鬼王、意図は何であるか」

風があるらしく、結ばれていない浄羅の髪は暴れている。

『交渉しにきたのだ』

「何？」

浄羅は眉をひそめた。

『知性を持った生き物同士、話し合いによって状況を変えられるのではないかと思ってな。我らは互いに、余計な血を流し過ぎた』

浄羅の額に一筋の血管が浮き上がる。

「まるで同類のような物言いだな。妖魔が人を襲わなければ、こちらには戦う必要などなかったというのに」

『我らは人を喰わねば生きてはゆけぬのだ。人間のように雑食ではないのでな』

「その事情を汲んで、泣き寝入りしろと申すのか」

『そうではない。互いの不利益となる殺し合いをやめ、共に種を存続させていく道を考えるべきだと言っているのだ』

「ほざけ」

浄羅は槍の穂先を鬼王に向ける。

「これまで妖魔がしてきたことを、水に流すことなど断じてできぬ。憶えておらんのか？　妖魔がどれほどの人間を殺し、喰ってきたかを」

『では貴様たちは憶えているというのか？　殺した妖魔の数を』

胸から怒りを追い出すように、浄羅は大きく息をつく。

「不毛だな。――了見(りょうけん)を話せ」

『ひと月に十人の人間を、我らに捧げてほしいのだ』

黙って見守っていた村人たちがざわめきはじめた。

『十人得られれば、我らは何とかそれを分け合い、餓死することなく命をつなぐことができる。捕食を必要とする間隔は、人間のそれよりも遥かに長いからな。無駄な殺し合いをせずに済むこの方法なら、人間側の死者も激減するはずだ』

「これは笑(わら)い種(ぐさ)だな。無条件で差し出すことなどできぬからこそ、これまで妖魔に抗ってきたのだ」

『無条件ではない』

「何だと？」

浄羅の顔から笑みが消える。

『もしもこの条件を呑んでくれるなら、私の命を捧げよう』

誰もが沈黙し、あたりは静まり返った。

「……謀略ではないことを証明できるか」

ようやく浄羅が口をひらいた。

『いま私の目に映っている者、全員を焼き殺すことができるにもかかわらず、それをせぬことを以って信用してもらうほかないな』

「我の一存で決められることではない。明日の正午、ここで返答を聞かせよう」

ふたたび半郎の視界が光で埋め尽くされ、それが収まるのと同時に、別の光景が映った。

『そんな協定を、人間が守るとは思えないがな』

こちらに向かって、紫色の鬼が言う。角が二本生えているが、間違いなくその鬼は、〝一本角〟だった。

信じるのだ、と鬼王は応えた。

『無益な殺し合いの歴史から脱却するには、妖魔と人間が信頼関係を築かなければならぬ』

鬼王の視野には、あの石碑のような岩も映っている。二人が座して喋っているのは、どうやら一本角と戦ったあの岸壁のあたりらしい。

中級妖魔や低級妖魔も大勢いた。座っている者、寝転んでいる者、じゃれ合っている者たち——みな月明りの下で、半郎が見たことのない穏やかな雰囲気を纏っている。もしかしたら、彼らが攻撃性を表に出すのは、人間を前にしたときだけなのかもしれない。

妖魔だけではなく、鹿や野兎の姿も見られた。一瞬意外に感じたが、すぐに納得できた。妖魔が人以外を喰わないのなら、特におかしなことではない。動物からすれば、妖魔は危害を加えてこない相手なのだろう。

『わざわざあんたが死んでやらなくても、いままでどおり襲って喰えばいいんだ。力ではこちらが上回っているんだからな』

かりかりと岩を爪で掻きながら、一本角は言った。鬼王の方策に、完全には賛同できていないようだ。

『聞け、シエンよ』

鬼王は一本角を見据える。そういえば、一本角の本来の名は「紫焔」なのだと、過去に雷閃から聞いたことがあった。

『人間も、我らと同じように心を持っている。そのような相手に対し、野蛮な行為に及ぶべきではない。数多の同胞を殺されはしたが、人間を憎んではならぬ。呪ってはならぬ。人間を喰わねば生きられぬ、我ら妖魔の生態自体が不運なだけなのだ』

紫焔は鬼王に顔を向けず、岩いじりをつづけている。

『戦いを継続すれば失われたであろう無数の命を、私一人の命で生かせるのなら安いものだ』

鬼王は紫焔を諭すように言葉を継いでいく。

『私が戻らなかったら、そのときは喜ぶのだぞ。そしてひと月に十人の人間を分け合い、何者とも争わずに生きてゆくのだ』

紫焔は苦笑し、周囲の妖魔たちを見回す。

『そんな数じゃあ、こいつら誰も鬼にはなれないだろうな』

『たしかに大量の人間を喰わなければ、上級妖魔にはなれぬ。さらに鬼が人を喰わなければ、低級妖魔は生まれぬ。だがそれが何だというのだ』

鬼王は右手を伸ばし、紫焔の肩に触れた。

『あとは頼んだぞ。私が去ったあと、残る鬼はお前だけとなる』

『わかったよ』

投げやりに言って、紫焔は鬼王を見た。

『――ただ、人間が協定を守らなかったときは、俺のやり方で奴らと向き合うからな』

鬼王は頷いた。

視界が上を向いていき、その中心に月が映った。眩(まばゆ)いほどに輝く満月に、細い雲が寄り添っている。

ふっと息の洩れる音がした。未来を想像した鬼王が、穏やかに笑ったのかもしれない。


また視野が光に包まれ、ひと間の後、半郎は別の場面を見ていた。


暗い場所で、鬼王は座っているようだ。自身の身体を見下ろすように下を向いているらしく、胸、腹、両の太腿が大写しになっている。

ほかの箇所の状態を認識した瞬間、息が詰まった。

両腕と両脚が切断され、断面から黒い血液が滴り落ちているのだった。その落下点にはそれぞれ壺が置かれており、血が溜まっている。肘から先の両腕と膝から先の両脚は、無残にもぞんざいに放置されていた。

断末魔のような男の悲鳴が響き、すぐに静かになった。

鬼王が顔を上げたのだろう、視界が正面の様子を映す。

茶色の小柄な鬼が地面に倒れ、口から泡を吹いて痙攣している。鬼は瞬く間に、人の男の姿に変わっていく。その様を、浄羅と静庵が見下ろしていた。医師の静庵は半郎も世話になってきた男で、雷閃の治療も彼が施(ほどこ)した。折烏帽子(おりえぼし)を被っているのは、現在と変わらない。

「また失敗か」

浄羅は不服そうに吐き捨てた。

「直接血管に投与するのでは上手くいかないようですな」

言いながら、静庵は巻物に筆を走らせる。何かの記録を取っているようだ。

「何としても、鬼の力を手に入れるのだ」

二人の声はよく反響していた。陽は入らないらしく、彼らの周囲三か所に置かれた蠟燭(ろうそく)の火が、頼りなく浄羅たちを照らしている。洞窟のような場所なのだろうか。背景を注視してまもなく、半郎ははっとした。地面に板こそ張られていないものの、この特徴的な形状は間違いなく、半郎がいまいる丘の内部だ。

『なぜ同胞を、そのように容易(たやす)く殺せるのだ……』

息を切らせながら鬼王は訊く。浄羅は鬼王に顔だけを向けた。

「より多くの同胞を救うためだ。それにこやつは――」

浄羅は死んだ男を顎で示す。

「何軒もの家に盗みに入った罪人だ」

『……お前たちの狂った研究に手を貸す気はない。早く殺せ』

おそらく身動きの取れないこの状態では、自決することもできないのだろう。

浄羅はゆっくりと近づいてくる。

「貴様は『命を捧げる』と言った。ならばすぐに殺さなくとも、その身体をどう使おうとも、協定には違反していないということになるはずだが」

『私は侮(あなど)っていたようだ。人間の残虐性を……』

「何とでも言うがいい。我にとって大切なのは、貴様の理解などではない。村の民たちだ」

表情一つ変えずに言うと、浄羅は背を向け、静庵のいるほうに戻っていく。

「今日はここまでとしよう」

地面に空いた四角い穴に、浄羅は足から入っていく。穴の中には梯子がかかっているらしかった。

光が現れ、場面が変わった。しかし場所は変わっていないようだ。

蠟燭の灯りを受け、浄羅と静庵が話している。

「口から呑ませた者は即死しなかったものの、やはり体調不良を起こし、最終的には死んでしまいました」

「不可能だと言いたいのか?」

静庵を見下ろし、浄羅は険しい顔つきで訊いた。

「いえ」

糸のような目をさらに細め、静庵は浄羅の威圧に動じることなく答える。

「いままでの記録から推測すると、鬼の血を少量ずつ呑ませた場合、人は数か月間生きられます。人体に不具合が生じるのは、拒絶反応を起こしているからにほかなりません。しかし、まだ人間としての機能が形成されきっていない胎児であれば、これが少ないのではないかと考えられます」

ここまで理解できているかを訊ねるように、静庵は巻物から目を上げ、浄羅の顔を見る。

「つづけろ」

「これは期待を込めた仮説なのですが、胎児の段階で継続的に母親に呑ませていけば、子どもはその影響を受け、妖魔の力を持った個体が生まれてくることが期待できるのです。母親はやはり、死んでしまうでしょうが」

「犠牲となってもらうしかなかろう。時間がないのだ」

「そう仰(おっしゃ)るかと思い、調べさせました。ちょうどよい頃合いの妊婦がおりました。琴音という女です」

「たしか十郎の妻だったな」

「ええ」

半郎は戦慄(せんりつ)した。いま話に上がったのが、彩音から聞かされていた、死んだ両親の名だったからだ。

「ではさっそく琴音に投与を始めよ」

やめろ、やめてくれ——。

「かしこまりました。茶に混ぜ、妊婦用の薬草茶だと言って呑ませましょう」

『医療に役立てるわけではないのだな……』

訝しむように、鬼王は言った。四つの切断面から、血はとめどなく滴っている。

浄羅の顔が鬼王に向く。

「こちらの目的を貴様に話す義務などない。それより――」

浄羅は槍を手に取ると、鬼王に向かって歩いてくる。

「少し斬っておこう。四肢がわずかに再生しつつあるようだ」

槍が振り上げられる。

その直後、痛みを堪えるような息遣いが聞こえた。


光が広がり、収まった。瞳に映ったのは同じ場所だ。


鬼王は依然として同位置にいるが、血が壺に落ちる音が聞こえない。鬼王の肉体は、枯れようとしているのだろうか。

「琴音が、子を産みました。赤子は人間の姿をしており、血を検めたところ、常人のそれではありませんでした」

静庵は誇らしげに言った。

「成功と見てよさそうだな」

浄羅は頬を緩める。

「ええ。琴音はよく耐えてくれました。手厚く埋葬してやってください」

「うむ。そうさせよう」

「ときにその赤子なのですが、父親が〝半郎〟と名づけたようです」

「そうか。ふさわしい名だ」

「ただ父親の十郎に関して、一つ問題が」

「何だ」

「十郎は琴音の体調不良について、前々から不信感をいだいていたようでして……。その薬草茶はどうやってつくるのかと、私に訊いてきたことがありました。自分でつくれるようになったほうが手間をかけないで済む、という名目でしたが、間違いありません。十郎は薬草茶を怪しんでおりました。そして現在、私の周囲を嗅ぎ回っているようです。『丘の内部には何かがいる』などとこぼしていたという話も」

浄羅は苦笑した。

「始末するほか手はないな。妖魔にやられたように偽装させよう」

半郎の胸が、にわかに冷たくなった。そんな。じゃあ、父は妖魔に殺されたのではなく、浄羅の手の者によって暗殺されたというのか。

「それが無難かと」

静庵は満足げに頷いた。

「月影にやらせる。十郎は鼻が利くだけでなく、剣の腕も立つからな」

月影だと⁉　あいつがやったのか……。

「それから、十郎には六歳の娘もいます。十郎亡きあとは、幼い姉弟二人きりとなってしまいますが」

「惜しみなく援助しよう。米、着物、必要なものはすべて授ける。恩を着せておいたほうが、村への忠誠心も増すだろう。そして何より半郎は、貴重な個体だからな」

浄羅への怒りが、半郎の身体を震わせる。

丸薬を呑み、鬼化する訓練ばかりしていた頃、浄羅と交わした会話がよぎった。

——わかりません。どうして僕だけ、鬼の力が使えるのでしょう？——

——村を守りたいと願う強い想いが、きっとお前に、そのような力を与えたのだ——

よくも、よくもあんな詭弁を……。

「——で、鬼の力を発動させる手立てはあるのか？」

浄羅は腕組みをして訊いた。

「いまのところ、鬼王の血を粉末にし、それを丸薬にして呑ませるのが最も有力ですな。成分の濃度を調整し、一定時間で効果が切れるようにするのにも適しておりましょう。いずれにしても、半郎がもう少し成長してからでないと、試験を行うことは叶いませんが」

「見通しが立っているのなら上出来だ」

「この件に関してもう一点ご報告を。鬼王の血の成分に偏りがあることが判明しております。血を粉末にした際、一粒一粒色が異なるのです。この性質を利用すれば、引き出せる能力を限定できるやもしれません」

浄羅は怪訝そうに眉をひそめる。

「限定すべき理由を計りかねるが」

「半郎の肉体への負担軽減と、村が彼を制御するためです」

にべもなく、静庵は答えた。浄羅の表情が綻んでいく。

「腑に落ちた。僕は、こんな奴らに、いいように利用されてきただけだったのか——急激に悔しさがこみ上げ、いずれ半郎は、我が村最大の武力となるであろう」

半郎は奥歯を噛み締める。口からはみ出した二本の牙が、下唇を刺した。

『なぜ、力を欲する……』

鬼王が口をひらいた。力ない声から、瀕死の状態であることが窺える。

浄羅と静庵が同時にこちらを向く。

『あの協定が締結された以上、もはや武力は必要ないはずであろう……』

「そうでもないのだ」

浄羅は鬼王に身体を向け、足を踏み出す。

「妖魔はいまでも、雨の夜に攻めてくるからな」

『紫焔が、協定を無視したというのか……』

鬼王の声は、わずかに動揺の響きを伴っていた。

浄羅が目の前で立ち止まる。

「いいや。協定など、はじめからなかったのだ」

『何だと……』

「ひと月に十人もの村人を、妖魔などにくれてやるはずがないだろう！」

額に血管を浮き立たせ、浄羅は怒号を上げた。

『では、貴様ら……』

「ああ、一度も渡しておらぬ。一人たりとてな」

『何と……』

鬼王の荒くなった呼吸の律動が、半郎のそれと奇妙なほど呼応していた。怒り、哀しみ、無念さ——鬼王の抱えている感情が、流れ込んでくるようだった。

「礼を言うぞ、三本角」

浄羅は血の出なくなった鬼王の身体を顎でしゃくる。

「お前はすべてを捧げてくれた」

沈黙が降り、視界が震えた。

『外道がー！』

鬼王が咆哮すると同時に、ぼう、と鬼火が発生し、浄羅の頭部を包んだ。

本来の威力が出せなかったのだろう、鬼火は一瞬で消えた。浄羅の髪と眉の大部分は焼失し、左目から頭にかけて、広範囲の皮膚が爛れていた。

「浄羅殿！」

細い目を剝き、静庵が焦りの声を投げた。

「大丈夫だ。眼球に損傷はない」

爛れた部分を手で押さえながら、浄羅は応えた。そして鋭い眼光で鬼王を見据える。

「まさかまだ鬼火を撃てたとは、油断した。しかし我が手を下すまでもなく、お前はいまの攻撃で、生命力を使い切ったようだな」

浄羅の言うとおり、鬼王は命と引き換えに鬼火を放ったのかもしれない。視界が、上から押し潰されるように狭まっていく。

と、地面に空いた穴から、誰かが出てきた。

「年寄りに、この梯子は堪えるのう」

長老だった。柳のような眉をしているのは、この頃から変わっていないようだ。

浄羅は振り返って姿勢を正す。

「すべて、手筈どおりに事は運びました」

そうかそうか、と長老は緩慢に頷いた。

「鬼王殿を、この場に祀って差し上げよう」

血の気が引いた。長老は、すべてを知っていたのだ。

視界が闇で埋まる間際、ぴちょん、と一滴、鬼王の血が壺に落ちる音が聞こえた。


半郎の瞳には、三本の角が祀られた祠が映っていた。

半郎は膝から崩れ落ち、床に両手をついた。いま見たのは間違いなく、鬼王の記憶だった。

鬼王は信じていたんだ。人間の、義の心を。自分の命を捨ててまで、人と妖魔が争わずに済む世界を創ろうとした。だが浄羅はそれを裏切り、踏みにじった。浄羅だけではない。計画を知りながら許可を出した長老も、加担した静庵も同罪だ。

人の道に反していたのは人で、

人の道に則っていたのは妖魔のほうだったんだ――。

うずくまったまま、半郎は両の拳を握り締めた。

一人たりとも妖魔に喰わせたくないという村の意思もわからないではない。しかしこの手口は、あまりにも卑劣だ。道理も倫理もない。

みんなの前で、すべてを白状させてやる。そうしなければ浮かばれない。両親も、鬼王も。

上体を起こし、立ち上がった。天井の穴から射す光は弱くなっていた。どうやら陽が暮れかけているようだ。

半郎は鬼王の記憶の中で見た、地面に空いた穴の位置まで移動した。床板を外すと、やはりそこには真下に延びる穴があった。

縄梯子を伝って下りていき、暗い通路を手探りで進んでいく。およそ五尺ごとに木枠が嵌まっており、崩落しないような措置が施されている。

突き当たりに行きつくと、やはり縄梯子が垂らされていた。手足を交互に動かして、上っていく。やがて、角が何かに当たった。音からして、板のようだ。構わずそのまま上がっていくと、蓋をしていた板が外れ、弱い日光が届くようになった。

地上に出た先は、長老の屋敷の庭だった。すぐ背後には塀が立っていて、左手には澄んだ水の張られた池が、右手にはきちんと手入れされた松の木がある。正面には屋敷があり、戸はすべて開け放たれている。

縁側の向こう側に見える畳敷きの部屋に、長老と浄羅の姿が認められた。二人は向かい合って座り、何かを話しているようだ。

半郎はそちらを睨みながら歩いていく。

松の枝に角がかすり、葉が揺れた。その音で気づいたのだろう、浄羅が振り返る。

「半郎ではないか。どうしたのだ」

浄羅の後ろで、長老は呑気に茶をすすっている。

「村人みんなの前で、すべてを話せ」

縁側の手前で立ち止まった。

「何のことだ」

浄羅の顔には笑みが浮かんでいる。

「お前らがやってきたことに決まってるだろ！」

「やってきたこと？」

「鬼王の記憶を見たんだ」

浄羅の笑い声が響いた。

「きっと夢でも見たのだろう。——ひとまず無礼を詫びろ」

半郎は浄羅を睨みつけたまま、顔面の火傷の痕を爪で指す。

「鬼王の鬼火でやられたんだろ、それ」

浄羅の目の色が変わり、長老の口に運ばれつつあった椀が止まった。

「僕はすべてを知ってる。お前らが鬼王を騙してなぶり殺しにしたことも、父上と母上が、お前らに殺されたんだってことも、ぜんぶだ！」

浄羅は毛のない眉をひそめ、半郎から穴のほうに視線を移すと、ふたたびこちらに目を戻した。

「そうか。本当に見たようじゃな」

長老は息をつき、椀を座卓に置いた。

「信じがたきことですが、角同士が共振したと考えるほかありませんな」

浄羅は長老に告げると、ふたたび半郎に目を向けた。

「なぜ鬼王が死んだか、なぜお前の両親が死んだか、本当のことを教えてやる」

口を動かしながら歩を進め、浄羅は縁側に出てきたところで立ち止まった。そして、嘲るように言う。

「阿呆だったからだ」

爆発的な憎しみは瞬時に殺意となり、半郎に行動を起こさせた。

「お前は人間じゃない！」

半郎は地を蹴って跳び、浄羅の胸目がけて右腕を伸ばす。相手は左腕を上げて、それを受けた。

三本の爪が、その前腕に突き刺さっていた。

不意に右手で首を掴まれ、つぎの瞬間、背中に強烈な衝撃が走った。半郎は大きく一度噎せた。

どうやら床に叩きつけられたらしい。

「丸薬がなければ、お前はただの餓鬼だ」

浄羅は半郎の首を片手で握ったまま言った。そして顔を近づけてくると、耳元で囁いた。

「何度でも言ってやろう。お前の両親は阿呆だったから死んだのだ」

「殺す！　殺してやる！」

半郎のわめき声を聞きつけたらしい村人たちが何人か、庭に入ってきたのがわかった。

「浄羅殿！　これはいったい何事ですか」

「お怪我をされているぞ！」

心配する村人に、浄羅は微笑んだ。

「まったく手に負えん。まるで妖魔だ」

全身をじたばたと動かしながら、半郎は憎しみを声にする。

「だったら喰ってやる！　お前なんか喰ってやるからな！」

浄羅は半郎を摑んでいる右手を引き寄せ、勢いよく突き放した。後頭部に衝撃を感じると同時に、半郎の意識は途絶えた。

第五章

「みなに報せておかなくてはならないことが起きた」

雲に覆われた空の下で、浄羅は丘の上に立ち、広場に集まった村人たちに語りかける。

「昨日の夕刻、長老の屋敷にて、我は半郎に襲撃された。先に言っておくが、長老はご無事である」

突飛な内容であるためだろう、聴衆は想像がつかないという様子で、ただ黙ってこちらを見上げている。

「この傷は、そのとき負ったものだ」

浄羅は左腕を上げ、袖をまくる。三か所に空いた赤い穴を見て、聴衆はどよめいた。

「半郎は『鬼王の記憶を見た』などとうわ言を吐き、我にその爪を向けたのだ。明らかに、半郎は妄想に憑りつかれている」

あの攻撃をよけることなど容易かった。しかし、村の民にこちらの言い分を信じ込ませるのに有利になると判断し、浄羅はそれをわざと受けたのだった。

「半郎が、そんなことをするはずがありません！」

最前にいる、藤色の着物を来た女が声を上げげた。半郎の姉、たしか彩音といったか。

「そうだ！　半郎はいままで村のために戦ってきたんだ！　何かの間違いだ！」

奥のほうで拳を突き上げ、木槌を担いだ男が同調する。彼には褒美をやったので憶えている。

木左衛門だ。

半郎擁護の意思は伝染するように、広場に広がっていく。

「信じたくない気持ちは我も同じである。だが事実なのだ」

浄羅は後ろを振り返り、待機させていた二人の証人を隣に呼ぶ。

一人は茶屋の店主で、もう一人はその客だ。客のほうが口を切った。

「昨日、茶屋で休んでたら、長老の家から恐ろしい叫び声が聞こえて、慌ててそこへ駆けつけたんだ。浄羅殿は腕から血を流しながら、半郎を押さえつけてた。半郎は暴れながら、『殺してやる』とか『喰ってやる』とか、そりゃあもう恐ろしい形相で叫び散らしてたんだ」

店主があとにつづく。

「こいつの言ったとおりだ。ありゃあ人間の迫力じゃあなかった。人間に向かって『喰ってやる』なんて、妖魔しか言わねえ」

半郎を庇おうとする声は上がらず、聴衆全員が動揺しているのが伝わってきた。故意に半郎を激高させ、人を呼び寄せた甲斐があったというものだ。

「みなも知っておろう。あやつの容姿が、妖魔のそれに近づいていることを」

「そういえば、どんどん妖魔に……」

誰ともつかない声が届いた。

「半郎は鬼の力を使い過ぎたばかりに、姿だけではなく、心までも妖魔に蝕まれてしまったのだ」

ざわめきが生まれ、たちまち広がっていく。

「そうさせたのは、わたしたち村の人間ではありませんか！」

攻撃的な目でこちらを見据え、彩音が声を張り上げた。

そのとおりだ、と浄羅は悲痛な表情を浮かべてみせた。

「これは半郎の力に頼ってきた、我らの責任にほかならない。だがこうなってしまった以上、何らかの措置を取らねばならん」

「お待ちください！　せめて半郎に、自分の言い分を話させてやってください！」

整った顔を歪め、彩音は声を震わせる。

「何の理由もなく、半郎が、そんなことを……」

彩音はとうとう泣き出した。

「半郎の口から事情を聴こうにも、それができる状態にないのだ」

半郎はいま、この真下で幽閉（ゆうへい）している。すべてを知ってしまった人間を、村人と接触させるわけにはいかなかった。

「面談をしても、『殺す』、『喰う』しか言わんのだ。ひとたび解放すれば、何をしでかすかわからん。――村人が犠牲になってからでは遅いのだ」

浄羅はもう一度左腕の傷を見せた。ここで初めて己の身に危険が振りかかる可能性を思ったのか、綺麗事をほざく人間はいなくなり、聴衆はみな、同じ表情を浮かべていた。それは紛れもなく、半郎に対する恐怖の色だった。

「いまこの村は、柵の中に妖魔を抱えているに等しい状態なのだ。半郎が暴れたときどれほどの脅威となるか、妖魔に柵を破られたあの夜、その目で見たであろう」

一本角を倒した時点で、半郎の役目は終わったといえた。妖魔は撃滅できたのだから、人を脅かす半郎の力はもはや必要ない。いま村のためにすべきは、危険性の排除だ。本来ならば頃合いを見て行うつもりだったが、こんなにも早く、半郎のほうからそのきっかけをつくってくれるとは、都合のいい誤算だった。

「心は痛むが、半郎を処刑しよう」

彩音が両手で顔を覆い、言葉にならない声で叫んだ。

「終わりにしてやろうではないか。あやつが英雄であるうちに。それが、半郎に対して唯一できる、我らの恩返しではないだろうか」

広場は静まり返り、彩音のすすり泣く声だけが、弱々しく響いていた。

自分が卑劣な行いをしていること、してきたことは重々承知している。それでも浄羅は、己の正しさを確信していた。

義を通していては、妖魔と渡り合うことなどできなかった。情にほだされていては、村を守ることなどできなかった。倫理観とともに滅びるか、人道に反してでも生き延びるか——村はその二択に迫られるほどの危機に瀕していたのだ。その苦痛ともいえる選択を民にさせることなく、「倫理観を保ちながら存在している」という幻想を見せつづけることができたのは、自分が人間性を捨てたからにほかならない。

浄羅には、どんなに己が手を汚しても守りたい、大切なものがある。それは紛うことなく、村の民と、人間の未来だ。

「では三日後に投票を行い、それを村の意思とする」

言い切ると、浄羅は長老の屋敷を振り返った。三階の廻り縁で、長老がゆっくりと頷くのが見えた。

＊　＊　＊

いったい半郎が、何の罪を犯したというのだろう。

機織り機に突っ伏して、彩音は泣いていた。

自分たちに降りかかりつづける不運と理不尽は、死ぬまで消え去ってはくれないのだろうか。もしも神がいるのなら、助けてほしかった。だが、彩音は知っている。あんなにも呆気なく両親を奪うような世界に、その上弟まで奪おうとしている世界に、神などいるはずがないのだ。もし仮にいるのだとしても、彩音が期待するような、慈悲深い存在では断じてない。

せめて野菜を収穫させてやりたかった。喜ぶ顔が見たかった。どんな失敗作ができたって、美味しいと言って食べてやるつもりだったのに……。いや、半郎が一生懸命つくった野菜なのだから、じっさいに一番美味しいと感じるに違いない。そんな願いさえ、叶えさせてはくれないというのか――。

彩音は洟をすすり、涙を拭いた。そして運命に対して宣言する。

もう何も渡さない。

現在の平和があるのは半郎のおかげなのだということを、いまいちど村人たちに思い出させよう。半郎がどんな想いで戦い、どれほどの傷を負ってきたかを、村中の人間に触れ回るのだ。村人たちが、ありもしない恐怖に振り回されず、損得勘定ではなく、〝心〟によって判断してくれるように。

彩音は立ち上がり、土間で草履を履くと、家を飛び出した。

しかし彩音の努力は報われず、過半数の村人が半郎の処刑に賛同した。

＊　＊　＊

長老の屋敷で、雷閃は畳に座していた。

村に不穏な動きがあることは、病床で知った。静庵の制止を振り切って、抗議に出向こうとしていたところ、ちょうど呼び出されたのだった。

歩行できるほどには回復しているものの、まだ右胸の当て布は外れておらず、激しく動くのは困難という状態だ。

「すまんのう。傷はまだ癒えていないというのに」

座卓を挟んだ向こう側から、長老が声をかけてきた。

「いえ」

座卓の上には、六個の丸薬が並べられている。赤玉が三つ、青玉が二つ、緑玉が一つといった内訳だ。

「丸薬をつくるための材料は尽きた。つまりそれらは、村にある最後の丸薬だ」

　庭を背にして縁側に立ち、浄羅は丸薬を顎で示した。

「明日、村の民の前でこれらの丸薬を廃棄し、その後、半郎を処刑する。鬼の力の象徴である丸薬と、最後の鬼自体が絶命する瞬間を目にすることで、人々は真の平和が訪れたことをより強く実感できるであろう」

「お待ちください」

　雷閃は浄羅の顔を見上げる。

「もう妖魔は殲滅したといえる状況です。丸薬さえ破棄すれば、これ以上半郎が妖魔に近づくことはないのではありませんか」

「その保証はない。静庵によれば、何か別のきっかけによって、鬼になってしまう可能性もないとは言い切れないとのことだ」

「……そのときは、私が責任を持って無力化します」

　浄羅は雷閃の胸に視線をやり、鼻を鳴らした。

「いまのお前に、それができるとはとても思えんが」

　たしかに浄羅の言うとおり、いまの自分に鬼化した半郎を封じる力はない。今後取り戻せるかどうかもわからない。だが――。

「鬼の力を使えるというだけで、あいつは妖魔ではありません。人間です」

　――いつか妖魔との戦いが終わったら、どうするんだ？――

　――野菜や米をつくりたいです。まあ、姉上に心配をかけない仕事なら何でもいいのですけど――

　半郎は、戦いのあとに訪れる平和な暮らしを夢見ていた。ようやく夢を掴みつつあったというのに、命もろともそれを取り上げるなど、あまりに残酷ではないか。

「よいか、雷閃」

こちらの言葉など届いていないかのように、浄羅は平静を保ったまま言う。

「半郎処刑の賛同者は七割に達した。貴様はいま、村の意思決定方式そのものを否定しようとしているのだぞ」

助けを求めるように長老を見るが、相手は口をひらかない。

もはや決定を覆すことは不可能であると、雷閃は察した。ここにいる二人も、半郎処刑に賛同した村人たちも、いったい〝心〟をどこへやってしまったのだ。

「半郎は命懸けで村を守ってきた。いまの平穏があるのは、ほかでもない半郎のおかげではないか……」

雷閃は拳を握り締め、懸命に怒りを抑え込む。

「半郎ではない」

浄羅は平然と言ってのけた。

「我々の策略がもたらしたのだ」

「恥を知れ、外道が！」

雷閃は左腕を振り上げ、座卓を殴り飛ばした。

「そんな不義理がまかりとおっていいはずがない！」

座卓は横向きに立ち、天板に載っていた丸薬が、縁側の床や畳の上を転がった。

浄羅は大きくため息をつく。

「いまの無礼は、これまでの功績に免じて忘れてやる」

異論がないか確かめるように、浄羅は長老を見る。長老はゆっくりと頷いた。

「雷閃、お前もわかっているはずだ。妖魔の血を絶やさないことには、真の平穏は訪れない。人々は永久に、恐怖しながら生きることになるのだ」

雷閃はがっくりとうな垂れ、畳に両手をつく。

「決定を覆す余地がないのなら、なぜ俺を呼んだのだ」

畳を睨んだまま、雷閃は歯噛みする。

「半郎の処刑を、お前に執行してほしいからだ」

浄羅がふざけたことをぬかす。

「自分でやればいいだろう……」

「それは良案ではない。半郎に負傷させられた我では、報復の意味を持ってしまうのだ」

「雷閃よ」

長老が口を挟む。

「民からの信頼も厚く、長らく半郎とともに戦ってきたそちであれば、きっと反対している者たちも納得してくれよう。すべての民の目に『正しいこと』として映すには、そちしかおらんのじゃ」

雷閃はうずくまり、額が畳についた。

「……できません。あいつは、友であり、弟なのです」

「だからこそ、あやつも恨みを持つことなく、成仏できるであろう。すべてが終わったら、丘の上に半郎を祀ろうではないか。この村を守った神として」

途方もない脱力感に抗い、雷閃は声を発した。

「……弓でも、構いませんか」

「構わんが、理由を聞いておこう」

雷閃は顔を上げ、眉に隠れた長老の目を見つめる。

「いまの自分の剣では、一刀で死なせてやれる自信がないからです。しかし弓であれば、頭を射抜くことはできましょう。せめて苦しまぬように、この世を去らせてやりたいのです」

「手段は、そちに任せよう」

長老は頷き、浄羅も納得したようだった。

＊　＊　＊

広場の中央に設けられた処刑台の上で、半郎は磔にされていた。

十字形の柱に、腹、左右の手首、揃(そろ)えた両脚首をきつく縄で縛りつけられているため、身じろぐほどしか動けない。

六日ぶりに見た空は灰色で、細かな雨滴が舞うように降っている。

村人たちは処刑台の周囲を取り囲むように、人垣をつくっていた。せめて真相を暴露してやりたいが、避難壕の中で叫び散らしたせいで喉は潰れてしまい、発する声は言葉になってはくれなかった。人々はそれを、妖魔に近づいているからだと思い込んでいるようだった。

人垣からはぐれたところに彩音はいた。視界のやや右側で佇(たたず)んでいる姉は、魂を抜かれたようにうつろな目で、こちらを見上げている。顔はやつれてしまっていて、隈もできているようだった。いまの体調も、今後の生活も心配だ。彩音を思いやってくれているのだろうか、隣には岩持丸が立っている。ほんの少しだが気が楽になった。

正面には丘があり、その奥には長老の屋敷の三階部分がうっすらと見えた。きっといまもあそこで他人事のような顔をしながら、こちらの様子を見物しているのだろう。

最後だったらしい丸薬は、ついさっき浄羅の手によって砕かれた。半郎の目の前で五つすべてが粉々になって舞い散ったとき、人垣は大いに沸き立った。

どうやら半郎の処刑に乗り気な者は人垣に多く、及び腰の者は遠くから見守るという傾向があるみたいだ。

人垣の中に、馬彦の姿を見つけた。自然とその顔に目をとめていると、相手は気まずそうに地面に視線を逃がし、青い顔で唇を噛み締めた。その反応が、半郎に対する同情からではなく、恐怖からくるものであることがわかった。やがて馬彦は表情から恐怖の色を消し、何かを決意したように顔を上げた。

「こいつは、化け物になっちまったんだ！　殺せ！　妖魔は殺せ！」

胸に巣食う恐怖を超越しようとするかのように、馬彦は声を張り上げる。

一拍置いて、あとにつづく者が現れた。

「そうだ！　妖魔は殺せ！」

その言葉はたちまち人垣の中に伝染していき、やがてすべての叫び声が揃った。

「妖魔は殺せ！　妖魔は殺せ！　妖魔は――」

自分を取り囲む悪意の渦の中心で、半郎は固く両目を閉じた。

こんな奴らを守るために、僕は必死になって戦ってきたのか——！

「安心して逝(ゆ)くがいい」

柱のすぐ後ろで、浄羅は言う。

「いまからお前は、神となるのだ」

屋敷の庭で半郎を激昂(げきこう)させた、浄羅の言葉がよぎった。

——阿呆だったからだ——

そのとおりだ。鬼王も、両親も、自分も、浄羅の狡猾(こうかつ)さと卑劣さを見くびっていたのだ。

半郎の胸の中で、爆発的な殺意が再燃する。なぜだか額が疼いた。その疼きを宥(なだ)めようとするかのように、大粒の雨がそこに落ちてきた。

「では、刑を執行せよ！」

浄羅は声高らかに命じながら、片手を上げた。

まもなく、正面の丘の上に、人影が現れた。

そんな……。

長弓を手にした雷閃だった。

どうやら自分は、自分にとって一番ましで、一番悲しい最期を迎えることになるようだ。

急速に雨脚は強まり、視界の中に無数の破線を描いていた。

＊　＊　＊

この雨は、俺の罪を洗い流してくれるだろうか。

雷閃は背中の矢筒から一本の矢を抜き、長弓に番える。そして弓を大きく頭上に掲げ、弦を引き絞りながら下げていく。

まさかお前に矢を向ける日が来るなんて思わなかったよ、半郎。お前はもっと意外だろうな。

左手の人差し指と矢の先端が、処刑台の上で磔になっている半郎の頭部を睨んだ。これで矢は確実に、その顔面を貫くだろう。

許せ、半郎。俺には、これくらいしかできなかった……。

心の中で友に詫びながら、雷閃はつまんでいた矢筈(やはず)を放した。

＊　＊　＊

雷閃が放った矢を、半郎は呆然と眺めていた。

それが点にしか見えないという事実が、雷閃の狙いが正確であることを証明していた。

雨音と、己を取り巻く狂声の中で、半郎はただじっとそれを見つめる。

点はみるみる大きくなっていき、凄まじい速度で接近していることが窺えた。

突然、半郎は目を見ひらいた。

矢に対する違和感をおぼえたからだった。

なぜ、赤いのだろう。

迫りくる矢じりが、赤いのだ。いや、矢じりの代わりに、矢の先端に赤い球体が取りつけられているのだった。

「喰え、半郎！」

雷閃の声が轟いた。

その声で、半郎は確信した。

あれは、赤玉だ。

目前まで迫った矢を迎え入れるように、半郎は大きく口を開ける。そして赤玉が口内に侵入した瞬間、首を横に振った。

激痛を感じると同時に、矢は右頬を貫き、後ろへ流れていった。だが――。

赤玉は口の中に残ったままだ。

異変を察知したのか、あるいは半郎が絶命する瞬間を感じ取るためか、人々は馬鹿げた声を引っ込め、こちらを見上げている。

半郎は頬から溢れ出る血で、赤玉を呑み込んだ。

腹に生じた不快感が、全身に広がった。つづいて皮膚全体から湯気が発せられ、身体が変形していく。それに伴い、半郎を拘束していた縄が順に弾け飛び、十字形の柱が砕け散った。

にわかに事態を把握することができないらしく、人々は揃って目を剝き、その身を硬直させていた。

浄羅は処刑台に倒れていた。赤鬼化した際の、爆風に似た衝撃波に呑まれたらしい。

仰向けになってこちらを見上げる浄羅に、半郎は拳を振り下ろす。

――殺す！ 殺してやる！――

よかったよ。お前に言ったことが叶いそうで。

真っ赤な拳は浄羅の腹を潰し、貫き、処刑台の天板に突き刺さった。

眼球が飛び出しそうなほど目を見ひらき、浄羅は吐血する。

勢いよく拳を引き抜くと、浄羅の腹から内臓が溢れ出した。

悲鳴が飛び交い、人垣が崩壊した。

＊　＊　＊

赤鬼化した半郎を見上げながら、浄羅はこの事態の所以(ゆえん)を悟った。

やってくれたな、雷閃。

――恥を知れ、外道が！――

昨日、長老の屋敷で、奴は座卓を殴り倒した。あのときすでに、丸薬をくすねる腹だったというわけか。丸薬の数が合っていないことには気づいたが、庭にでも飛んでいってしまったものと思い込んでいた。

その後雷閃は、処刑の手段として、剣ではなく弓矢を選んだ。

――いまの自分の剣では、一刀で死なせてやれる自信がないからです。しかし弓であれば頭を射抜くことはできましょう。せめて苦しまぬように、この世を去らせてやりたいのです――

あれは半郎が赤鬼化するとき発生する剛風に、自身が呑まれぬようにするためだったのだろう。

半郎がふたたび右手を伸ばしてくる。その手は浄羅を摑むと、口に向かって上がっていく。

我の負けは決まった。だが知らんぞ、雷閃。妖魔の血を絶やさぬ限り、戦いはつづいていく。これから先、人々はまた奴らに喰われることになるのだ。その責任を、お前はどのようにして背負うつもりなのか。

赤鬼は浄羅の両脚を咥えると、上半身を握っている右手を、口から一気に離す。身体を引きちぎられ、浄羅は思わず絶叫した。

血まみれの臓物が落下していき、地面で赤いしぶきを上げる。その様子を映していた視界が流れた矢先、不意に暗闇に包まれた。頭部が半郎の口内に入ったらしい。

浄羅の上半身は、牙に刺され、奥歯に砕かれ、たちまち人の形を失っていく。

最期に感じたのは、極限の苦痛だった。

＊　＊　＊

浄羅を喰ったばかりの半郎は、丘のほうを振り返った。その先には三階建ての屋敷がある。

あいつも、同罪だ。

処刑台を蹴って走り出した。半郎の足下で悲鳴を上げながら、村人たちは散り散りになって逃げ惑っている。

丘の手前に岩持丸が立っていた。半郎が近づいていくと、「ほらよ」とばかりに岩持丸は背中を向ける。走りながらそこに手を伸ばして金棒を受け取り、半郎は丘を駆け上がる。

雷閃の脇で思い切り跳躍した。空中で金棒を振りかぶり、屋敷に急接近していく。

三階の廻り縁に立っている長老が、諦めるように下を向く。

死んじまえ、糞爺(くそじじい)――。

金棒を、横一文字に振り抜いた。鋼鉄の六角柱は三階部分もろとも、長老を消し飛ばした。宙に取り残された瓦屋根が落下するのと同時に、半郎も地面に着地した。

金棒を肩に担ぎ、ふたたび丘のほうへ戻っていく。

――ぜんぶ、好きだったのに。

＊　＊　＊

丘の上に佇んだまま、雷閃は半郎を見つめていた。

赤鬼と化した半郎は金棒を担ぎ、広場のほうへと歩いていく。

赤鬼は泣いていた。

白くて鋭い両目から、涙がとめどなく流れている。

すまなかったな、半郎。お前の身体を妖魔に近づけないよう、もう丸薬は呑ませまいと決めていたのに、それを使わずにお前を救う方法を、俺は探し出すことができなかった。それ以前に、俺が浄羅や長老の魂胆を見抜けていれば――どうしただろうな、俺たち。まあ、どうであれ――。

胸部の傷がずきずきと痛むのを感じながら、雷閃は長弓を放した。

気の済むようにするといい。ここは、お前が守ってきた世界だ。

＊　＊　＊

広場に戻った半郎は、処刑台に金棒を振り下ろした。

対象物は一撃で、木っ端微塵に砕け散った。

「ひいっ」

情けない悲鳴を洩らしたのは馬彦だった。

半郎がここに向かっているあいだに、村人たちはあらかた別の場所に逃げていたが、どうやら腰を抜かして動けなくなっていたらしい。

馬彦は怯えた顔で、こちらに両手をかざしている。

「た、頼む。殺さないでくれ」

ついさっきまで殺意を投げつけていた相手に命乞いとは、反吐も出ない。

情けないのは馬彦だけではない。半郎は自身の処刑に熱狂していた人々の顔を思い出す。

自分にとっての脅威に対して力を振るっているうちは讃え、脅威を打ち倒せば崇め、その力が必要なくなったとたん、臆面もなく「殺せ」と叫ぶ。これが人間の本性だというのなら、僕は――。

妖魔になりたい。

その願いが天に通じたのか、それとも浄羅を喰ったからか、半郎の身体が変形しはじめた。背は少し縮み、それに伴い細身になっていき、皮膚と髪は白一色に染まった。額に疼くような違和感をおぼえた直後、そこから三本目の角が伸びた。

目線の高さは、鬼王の記憶を見ていたときのそれとよく似ていた。

「お、鬼を撃て！」

門の脇の物見櫓から声が上がり、別の二つの見張り台からも一斉に矢が飛来する。

半郎は三方向すべての軌道を断ち切るように、同時に三つの鬼火を展開させた。口も蛇顔も必要とせず、ただ念じただけだ。

宙に浮かぶ青白い炎の中で、矢はつぎつぎと燃え、真下に落ちていく。

『そんなものが利くもんか』

半郎の敵意を感知したかのように、鬼火はひとりでに動き出した。盾となっていた火炎は矛に変わり、物見櫓と二つの見張り台に向かって飛んでいく。射手はみな二の矢を番える間もなく、それぞれ火だるまになった。

彼らが上げた断末魔の絶叫は、人々の混乱に拍車をかけた。村人たちは門に殺到し、それを開けて逃げ出そうとしている。妖魔が柵内に侵入したあの夜、大勢が避難壕に押し寄せていた光景が重なった。

あれだけ罵声を浴びせておきながら、その相手に敵わないと知れば逃げるのか。もはや戦いを挑んでくる者はおろか、潔く諦める者もいない。

『その醜さといっしょに、焼き尽くしてやる』

三本の角を伸ばす頭上に、鬼火を発生させた。半郎の望みどおり、火炎は渦を巻きながら巨大化していく。門の前に固まっている奴らは、この一発で全滅するだろう。

『報いを受けろ。小狡く卑しい人間ども！』

巨大な鬼火を放とうとしたそのとき、視界の左側に、風車が映った。

そちらに目を向けると、お河童頭の女の子が立っていることに気がついた。女の子は哀しそうな目をして、水車の横から半郎を見上げている。

そうだ。綺麗な人間も、いないわけではない。

彩音や、雷閃や、岩持丸や、与兵衛や、きちんと〝心〟を持っている人たちだっているのだ。

半郎の心情を表すかのように、頭上の鬼火は徐々に萎んでいく。

雨がやんでも、身体は元に戻らなかった。

第六章

「医師でよかったな」

静庵の喉元を睨んでいた切っ先を下げ、雷閃は納刀した。

たったいま、丘の上で静庵にすべてを白状させたところだ。

広場に集まって話を聴いていた村人たちは、目を丸くして驚いていた。雷閃自身も知らなかったことがいくつも語られ、特に鬼王の力を得るために村が手を染めた非道行為には虫唾が走った。途中、何度も静庵を斬ってしまいたい衝動に駆られたが、高い医療技術を持つ医師を殺すのは民を殺すのと同義だと自身に言い聞かせて我慢した。

「残りの命は人を生かすことに使え」

芝の上に両手をつく静庵を見下ろして命じると、相手は自らの行いを悔いるように泣きながら、何度も頷いた。

半郎はあの日、白鬼となったまま村を出ていった。静庵によれば、もはや半郎を人に戻す手段はないとのことだった。

ならば共存の道を切りひらくしかないと、雷閃は考えた。

広場の聴衆に向け、雷閃は語りかける。

「俺は、人間と妖魔が争うことなく生きていける世界を築きたい。無論、人を喰らうことで生命を維持する妖魔との共存など、容易でないことは重々わかっている。半郎が人を喰い、排泄すれば、低級妖魔が生まれるだろう。半郎が生きている以上、ふたたび妖魔が増殖すると考えていい。それでも、半郎と戦うべきではない。白鬼となった半郎には到底勝てないが、仮に対抗できる武力を持ったとしても同じだ。村の存続のためなら手段選ばずという考えでは、長老や浄羅のやり方を認めるのと変わらないからな。――とにかく、今後は妖魔の統率者は半郎ということになるのだから、人を襲わないよう抑止してもらうことができる」

「でもそんなことで、どうやって共存していくって言うんだ」

前のほうにいる男が疑問を投げてきた。

「向こうは人を喰わねえと死んじまうんだろ？」

雷閃は男に顔を向けて答える。

「ああ、そうだ。だから、私欲ために他者を殺めた者を差し出す」

どよめきが起きたが、雷閃は声の音量を上げてつづける。

「似た重さの罪を犯した者もしかりだ」

別の男が口を挟む。

「罪人を生贄（いけにえ）にするってわけか。でもそんな悪さを働く奴なんて、滅多に出ないじゃないか」

「そのとおりだ。妖魔が捕食を必要とする間隔は広いとはいえ、それだけではとても足りないだろう。だいいち、俺たちも罪人が出ることなどあてにしてはいけない。いまのはあくまで、人の邪心を抑える目的を兼ねた一案にすぎない」

「じゃあ、本命の案を聞かせてくれよ」

男の声に、雷閃は頷いた。

「妖魔は死者でも喰う。みなもその目で見たはずだ。単刀直入に言うと、死後半郎にその身を捧げてもいいという者がいたら、意思表示をしてほしいのだ」

ふたたび聴衆はどよめき、それぞれが近くの者と顔を見合わせる。

「俺は構わねえぜ」

木左衛門が逞しい腕を上げた。どよめきが急速に収まっていく。

「死んだあとなら、何の支障もねえ。土に埋めてもらったところで、どうせ蚯蚓(みみず)や蛆(うじ)に喰われるんだ。だったら半郎に喰ってもらったほうがよほどいいぜ」

「お、俺も」

馬彦がおずおずと、細い腕を上げた。

「死ぬのは嫌だが、死んだら好きにしてくれ。まあ、あんなこと言っちまった俺の肉なんて、半郎は願い下げだって言うかもしれねえが」

「たしかに、死んじまったら痛くもねえものな。俺もいいぜ」

献体に志願する声が上がった。

つぎつぎに手が上がり、賛同者は全体の三割程度まで広がった。

雷閃は上げていた手を下げ、「助かる」と言って微笑んだ。

「仮にこの案がまとまり、こちらから提示したとしても、半郎が受け容れるとは限らない。そのときは半郎と折り合いがつくまで協議する。武力衝突は決してしない。なぜなら俺たちは――」

真下にある鬼王の祠から、温かい力を感じた。

「〝心〟を持った者同士だからだ」

雷閃は南西の空を振り仰いだ。青い空に、人とも妖魔ともつかない形をした、白い雲が一つ浮かんでいる。

そうだろ？　半郎。

＊　＊　＊

村の南西に位置する山の中で、半郎は畑を耕していた。

木々の生えていない緩やかな斜面を開拓し、自分でつくったのだった。近くには川も流れており、ゆくゆくは田圃も増やして米を栽培することもできそうだ。

土を爪でほぐすのは、人の姿で鍬を使うよりもよほど効率がよかった。鬼用の鍬でもあれば違うのかもしれないが。

数十列並んだ畝の具合を確かめ、半郎は両腕を組んで頷いた。

ここで育てた野菜を収穫したところで、鬼である自分にはきっと喰えないのだろう。けれどもそれが、つくらない理由にはならなかった。

頭上では鳶が旋回し、林の際からは鹿の親子がじっとこちらを眺めている。さっきまで野兎が飛び跳ねていたが、どこかへ行ってしまったようだ。畑にはその足跡がついているが、放っておくことにした。

陽がだいぶ傾いていたことに気づき、半郎は帰路についた。林に入り、獣道を歩いていく。前方の地面には、木々と、三本の角を持つ自分の影が落ちていた。いまのところ、空腹感をおぼえたことはない。当分は大丈夫そうだが、腹が減ったと感じたとき、人を喰うかどうかも決めていない。

林を抜けると、草原の中に建つ丸太造りの家が目に入った。その手前には花畑があり、紫色の花が一面に咲いている。

丸太の家は、自分でこしらえた半郎の住処だ。鬼の力は絶大で、二階建てだがたった七日でつくることができた。張り切って建てたせいで使っていない部屋もあり、いつか雷閃や岩持丸が遊びに来ても泊めてやることができる広さだ。

弱い風が吹き、後ろで束ねた白い髪が揺れた。風は冷たくなってきたが、鬼になったおかげで火にも困らないから、凍えることなく冬を越せるだろう。

家の前で立ち止まり、板扉を開ける。

『ただいま』

鬼王のそれに似た声は、広い屋内に響いた。

「おかえり」

機織り機から手を放し、彩音は微笑んだ。

「半郎の身体大きいから、まだ着物が出来上がらないの」

姉は言いながら、板敷の小上がりから土間に下りた。

『いつでもいいよ。なくたっていいし』

半郎は土間を進み、椅子代わりに使っている、横倒しにした丸太に腰を下ろす。

「そのかわり、これを織ったの」

円錐形の布だった。訊ねる隙も与えずに、彩音はそれを真ん中の角に被せてきた。

「うん。似合う、似合う」

いたずらっ子みたいに、彩音は笑った。

『角は寒くないよ！』

半郎には、たぶん彩音にも、先のことは何もわからない。

だが、少なくともここには、半郎と彩音が求めつづけた、静かで穏やかな暮らしがあった。

「……半郎は、どうなったんだろうね」

無意識にため息をつき、新太郎は独り言のように訊ねた。

「けっきょく人は喰わなかったらしい」

父は冷静に答えた。

「半郎は自分で建てた丸太の家の近くで、力尽きたって話だ」

「なんだかかわいそうだね」

だからといって、人を喰ってほしかったわけでもないから難しい。

「それでも人間よりはずっと長く生きて、そのあいだは幸せだったみたいだ」

半郎が、彩音や雷閃たちと笑っている姿が浮かび、少しほっとした。

「そっかあ」

「そして、半郎が力尽きた場所からは、虹色の草が生えたんだ」

虹色の草——その言葉を聞いた瞬間、頭の中で二つのものが結びつく感覚をおぼえた。

「それって、もしかして、鬼薬の原料になった……?」

——いや、三つだ。新太郎は今日、山の中で図鑑に載っていない植物を見た。あの草も、「虹色」と表現できる色をしていた。

返答を催促するように父の顔に目を向けるが、父はこちらなど見ておらず、バルコニーの外に鋭い視線を伸ばしている。

新太郎はベッドの上に膝を立て、父の視線をなぞった。

息が詰まった。

月明りを受け、この建物を包囲するように展開する、武装した兵士たちの姿が認められたからだ。

「嗅ぎつけたようじゃな。ここを」

背後から祖父の声がして、新太郎は振り返った。その手には瓢箪が握られている。

「某国の特殊部隊といったところじゃろう」

「ああ、見りゃわかる」

父は振り返りもせずに応えた。

「新太郎、窓から退がってなさい」

言いながら、祖父は口にあてた瓢箪を傾ける。立派な咽喉ぼとけが、大きく一度上下した。祖父は瓢箪を投げ、父はそれを片手で受け取る。

新太郎は両目を見ひらいて、その様子を見つめていた。口も開いているが、言葉は出てこない。

「信じられんのも無理はない。何も知らんお前にとっては、これも『おとぎ話』みたいなものじゃろう」

すでに祖父の全身からは蒸気が上がっていた。

祖父がバルコニーに出ていくと、その身体は変形しはじめた。全体の筋肉量は増し、角が生え、髪が伸びる。

「新太郎、よく見ておけ」

新太郎のすぐ隣で、父は瓢箪の中身を呑み干すと、それを後ろへ放り投げた。

「――これが、鬼の戦い方だ」

バルコニーに出ていった父の肉体が、みるみる鬼と化していく。

外の兵士たちが一斉にライトを点灯させたのだろう、室内が昼間みたいに明るくなった。

新太郎は眩しさに顔をしかめたが、目を閉じるわけにはいかなかった。

銃声が響き渡る中、父と祖父は手摺りを飛び越えていく。白い光の中に、二体の鬼のシルエットが鮮明に浮かび上がった。

ぼお、と音を立てて、炎が鬼たちの周囲数か所に出現する。つぎの瞬間、滞空する二体の意思を感知しているかのように、無数の炎はそれぞれの方向へ散っていった。

兵士たちの絶叫がこだました。

二体が自由落下をはじめてまもなく、地響きのような振動を感じた。着地したばかりであろう二体の上半身のシルエットは、それぞれ腕を振り、突きを繰り出す。

兵士の絶叫が聞こえ、そのたびにライトの光が減り、連なる銃声が途絶えていく。

なかば無意識に、新太郎はバルコニーに飛び出した。

二体の鬼の足下では、兵士たちが倒れ、あちこちで青白い炎が上がっていた。

どちらの鬼が父で、どちらの鬼が祖父なのかは判然としないが、襲撃してきた部隊が壊滅したのは明白だった。

新太郎は、己の血が沸き立つような感覚を味わっていた。

鬼の御伽は、まだ完結してはいなかったようだ。

おしまい

番外編

名もなき低級妖魔の波瀾万丈

片脚から黒い血を流しながら、僕は巣穴に隠れていた。

脚は襲撃した村の人間に切断された。髪も眉もない男に、槍の穂で斬られたのだ。仲間たちが撤退を始めたことに気づかず、逃げ遅れて捕まったのだった。その二日後に解放された僕は、巣穴を目指して地を這った。人間を襲って勝てる状態ではなく、そうする以外に道はなかった。痛みに耐えながら、気が遠くなるほど這い進み、ようやく巣穴にたどり着いたが、罠だった。人間は巣穴を突き止めるために僕をだしに使い、大勢で攻めてきたのだ。人間は卑劣だと紫焔様から聞いていたが、まさかあれほどとは思わなかった。しかし、妖魔の大将である紫焔様はそれを察知していたらしく、崖上から鬼火を放って、奴らに一泡吹かせた。さらに村の戦力が手薄になっている間に、ほとんどの妖魔をそこへ送り込んでいたらしかった。しかし、感心している場合ではなかった。紫焔様と直属の部下二名対、侍ふうの人間の戦いが始まったからだ。とても戦力になれない状態だった僕は、極力気配を消しながら移動して、ここに逃げ込んだのだった。途中、金棒を持った大男が入ってきたときは心臓が止まるかと思ったが、僕には気づいていなかった。

いま、外ではまだ、紫焔様と侍が、壮絶な闘いを繰り広げている。しかし僕はその勝敗を見届けることができないかもしれない。血を流し過ぎたらしく、意識が薄れてきたからだ。

紫焔様の絶叫が聞こえ、僕は目を開けた。身体はだいぶ弱っているようで、視界は霞んでいる。背の高い岩の脇で、紫焔様は鬼火に包まれ、侍は地面に倒れている。背景が明るいのは、朝になったからだろう。

いまや地上で唯一の鬼である紫焔様が、なぜ鬼火に焼かれているのだ——僕は不思議に思ったが、その謎はすぐに解けた。緑色をした小柄な鬼が現れたのだ。人間側に、鬼に化ける奴が一人いることは知っていた。

岸壁を滑り降りてきたらしいその鬼は、侍の手当てを始め、まもなく力尽きた。角は生えたままだが少年の姿に変わったのを見て、やはりその鬼の正体は人間だったのだと僕は確信した。

つづいて二人の男が駆けつけ、侍と少年を馬車に乗せて去っていった。

僕は最後の力を振り絞って、両肘を立てた。長い距離を移動したため、肘は擦り剝けるだけでは済まず、肉まで抉れていた。

光を目指して這い進み、巣穴から出た。岩の前には紫焔様の角が落ちていて、僕は悔しくなった。

顔を上げると、岩の向こうで一筋の煙が上がっていることに気がついた。そこに這い寄ると、中級妖魔と人間の死体が転がっていた。どちらも黒焦げで、人間の死体は両手に一本ずつ小太刀を握っている。

とにかく喰わないと――僕は人間の死体に齧りついた。肉は焼け焦げてしまっていて、とても不味いが、ぜんぶが焦げているわけではなかった。喰える部分を平らげると、死体はほとんど骨だけになった。

傷が塞がり、斬られた脚が再生していく。

《やった！　ひとまず助かった！》

僕は久しぶりに立ち上がり、嬉しくて跳躍してみたりした。その後、何げなくあたりを見回すと、なんということか、まだまだ人間の死体が転がっているではないか。ぱっと見ただけで、五体はある。これはおそらく、紫焔様の鬼火と荷車に積まれていた油で焼かれた奴らだろう。
僕は片っ端から喰っていくことにした。どれも焦げていて油臭いが、喰える部分は残っていた。四体目の死体を喰っていたとき、身体に異変が起きた。全身に力が漲(みなぎ)り、両の脇腹に違和感をおぼえた。無意識に力んだつぎの瞬間、そこからそれぞれ腕が生えた。身体全体も変化しており、筋肉量が増加して一回り大きくなったみたいだ。
《やった！　これで僕も中級妖魔だ！》
残りの死体は非常用にとっておくことにして、僕はあたりを走り回った。
ふと、地面に突き立った棒が目に留まった。僕はそちらに近づいていき、棒を眺める。
《これは、紫焔様が使っていた槍だ……》
二本の腕で引き上げてみるが、槍は抜けない。
《あ、そうだ！》
こんどは四本の腕で棒を摑み、力を入れた。槍はあっけなく抜けた。
僕は意味のない声を上げながら、槍を回したり、空中を突いたりして、しばらくのあいだ強くなった自分に酔いしれた。

一番の敵は人間でも空腹でもなく、孤独だった。

あの日、村に向かったはずの仲間たちは誰も戻っては来ず、長いあいだ、僕は広い巣穴の中で独りぼっちだった。冬眠の時期に入ったからだろうか、動物たちも遊びに来なくなっていた。

僕は巣穴の入り口に立って、外を眺めた。星空の下でじっと動かない岩の周りには、紫焔様が残した角以外何もない。ここで仲間たちと、わいわいがやがや騒いでいた記憶が蘇り、僕は寂しくなった。

こうなったら潔く、村に勝負を挑んで玉砕しよう。

怖さがないわけではないが、紫焔様の武器を受け継いでいると思うと勇気が出た。

僕は決意を胸に、雨の夜がやってくるのを待った。

雨の夜が訪れる前に、人間がやってきた。

雪の降る朝、馬に乗って一人で現れたのは、あの侍だった。

あいつは強敵だ——僕は巣穴の内壁に身を寄せ、侍の様子を窺う。相手は岩の脇で馬を降りると、岩の前でしゃがみ込み、目をつぶって両手を合わせた。

紫焔様を、弔っているようだ。槍を握り締めていた力が、思わず緩む。侍は隙だらけだというのに、僕は攻撃を仕掛けるのを忘れていた。

侍は立ち上がると、岩か、あるいは角に向かって一礼し、ふたたび馬に飛び乗った。

どういう風の吹き回しなのかは理解できないが、人と妖魔の関係が、変わりつつあることだけはわかった。

僕は巣穴の入り口に座り込んで、雪を眺めていた。

地面は真っ白に染まり、侍が乗っていた馬の足跡ももう消えた。

《え？》

僕は思わず立ち上がった。全滅したと思っていた妖魔がやってきたからだ。それも、ただの妖魔ではない。最上級妖魔の、鬼だ。

鬼王と同じく三本の角を生やした、白い鬼だった。人間みたいに着物を羽織っているのだが、その色も白だった。

相手は紫色の花束を抱えたまま、静かに歩いてくる。色を失ったような視界の中で、その紫色はいっそう鮮やかに映った。

白い鬼は岩の前に、そっと花束を手向(たむ)けた。そして侍と同じように、目を閉じて両手を合わせる。

僕は引き寄せられるように、白い鬼に近づいていく。気配を感じたのか、相手は目を開けて僕を見た。そして巣穴に目を移したあと、ふたたび僕を見る。

『ここで、一人で生きてきたんだね』

《はい》

僕は無意識に答えていた。

『ゆっくり話をしよう』

《はい》

その声には、確かな温かさがあった。

パーフェクト太郎は、2020年8月、ⅡV公式サイトに掲載された作品を加筆・修正したものです。

掌編、新訳 泣いた赤鬼、番外編は書き下ろしです。

板倉　俊之●いたくら　としゆき

1978年1月30日生まれ。埼玉県富士見市出身。吉本興業所属。NSC東京校4期生。98年に堤下敦とお笑いコンビ「インパルス」を結成。すべてのコントの作・演出を担当する。主な著書に『トリガー』や『蟻地獄』（共にリトルモア／文庫版 新潮社）、『機動戦士ガンダム ブレイジングシャドウ』（KADOKAWA）、『月の炎』（新潮社）などがある。

【著作リスト】

トリガー（2009年リトルモア／2020年文庫版　新潮社）
蟻地獄（2012年リトルモア／2018年文庫版　新潮社）
機動戦士ガンダム ブレイジングシャドウ（2013年KADOKAWA）
月の炎（2018年新潮社）

浅田 弘幸●あさだ ひろゆき

漫画家。主な代表作『I'll ―アイル―』『テガミバチ』（共に集英社）など。

2019年手塚治虫原作TVアニメ『どろろ』のキャラクターデザインを担当するなど幅広く活躍する。

鬼の御伽

2021年1月25日 初版発行

著 者 板倉俊之

発行者 鈴木一智

発 行 株式会社ドワンゴ
〒104-0061
東京都中央区銀座4-12-15歌舞伎座タワー
IIV編集部(メールアドレス):iiv_info@dwango.co.jp
IIV公式サイト:https://twofive-iiv.jp/
ご質問等につきましては、上記メールアドレスまたは公式サイト内「お問い合わせ」よりご連絡ください。※内容によっては、お答えできない場合があります。
※サポートは日本国内のみとさせていただきます。※Japanese text only

発 売 株式会社KADOKAWA
〒102-8177
東京都千代田区富士見2-13-3
https://www.kadokawa.co.jp/
書籍のご購入につきましては、KADOKAWA購入窓口
0570-002-008(ナビダイヤル)にご連絡ください。

印刷・製本 株式会社暁印刷

ISBN 978-4-04-893077-2 C0093